「彼をこの地に呼び戻すわ」
美春は満足げに頷き、口許をほころばせるのだった。

精霊幻想記
【せいれいげんそうき】

リオは『消滅』の権能を発動させるべく、
意識を集中させた。
（アイシア！）
（うん）

精霊幻想記

25. 私達の英雄

北山結莉

HJ文庫
1138

口絵・本文イラスト　Ｒｉｖ

CONTENTS

リオ(ハルト＝アマカワ)

ベルトラム王国の孤児として転生した本作主人公
勇者との死闘の末に超越者の一人・竜王として覚醒
代償として人々の記憶から消えてしまっている
前世は日本人の大学生・天川《あまかわ》春人《はると》

アイシア

リオを春人と呼ぶ契約精霊
その正体は七賢神リーナが造り出した人工精霊

セリア＝クレール

ベルトラム王国の貴族令嬢
リオの学院時代の恩師で天才魔道士

ラティーファ

精霊の里に住む狐獣人の少女
前世は女子小学生・遠藤涼音《えんどうすずね》

サラ

精霊の里に住む銀狼獣人の少女
現在はガルアーク王国にて美春たちと共に行動中

アルマ

精霊の里に住むエルダードワーフの少女
現在はガルアーク王国にて美春たちと共に行動中

オーフィア

精霊の里に住むハイエルフの少女
現在はガルアーク王国にて美春たちと共に行動中

綾瀬美春
あやせみはる

異世界転移者の女子高生
春人の幼馴染でもあり、初恋の少女

千堂亜紀
せんどうあき

異世界転移者の女子中学生
兄である貴久と共に謹慎中だったが……

千堂雅人
せんどうまさと

異世界転移者の男子小学生
聖女エリカの死亡後、勇者として覚醒する

登場人物紹介

フローラ＝ベルトラム

ベルトラム王国の第二王女
姉であるクリスティーナと共に行動中

クリスティーナ＝ベルトラム

ベルトラム王国の第一王女
祖国を脱出し、アルボー公爵派と対立する

千堂貴久
せんどうたかひさ

異世界転移者で亜紀や雅人の兄
セントステラ王国の勇者として行動する

坂田弘明
さかたひろあき

異世界転移者で勇者の一人
ユグノー公爵を後ろ盾に行動する

重倉瑠衣
しげくらるい

異世界転移者で男子高校生
ベルトラム王国の勇者として行動する

菊地蓮司
きくちれんじ

異世界転移者で勇者の一人
国に所属せず冒険者をしていたが……

リーゼロッテ＝クレティア

ガルアーク王国の公爵令嬢でリッカ商会の会頭
前世は女子高生の源《みなもと》立《りっ》夏《か》

ソラ

リオの前前世にあたる竜王の眷属たる少女
竜王として覚醒したリオに付き従う

皇 沙月
すめらぎさつき

異世界転移者で美春たちの友人
ガルアーク王国の勇者として行動する

シャルロット＝ガルアーク

ガルアーク王国の第二王女
ハルトに積極的に好意を示していた

レイス

暗躍を繰り返す正体不明の人物
計画を狂わすリオを警戒している

桜葉 絵梨花
さくらば えりか

聖女として辺境の小国で革命を起こした女性
リオとの戦闘後、自らの望みを叶え死亡

【プロローグ】 ❖ 備え

神魔《じんま》戦争が終結した直後のことだ。

つまりは、リオが生きる現代よりも、千年以上昔のこと。

場所はシュトラール地方東部の某所《ぼうしょ》。極《きわ》めて端麗《たんれい》な顔立ちをした女性が、無人の荒野《こうや》に一人でぽつりと立っていた。押《お》せば簡単に倒《たお》せてしまいそうなほどに華奢《きゃしゃ》で、年頃《としごろ》は二十にも満たないだろうか。

「……この場所で間違《まちが》いないわね」

女性が一帯の景色を見回して確信を抱《いだ》く。

何か明確な目的があってこの無人の荒野を訪《おとず》れたようだが、旅人とは思えない。薄手《うすで》のワンピース一枚で、そこら辺を散歩でもするような恰好《かっこう》をしているからだ。荷物も何一つ持っていないが――、

「っ……」

女性は唇《くちびる》を歪《ゆが》め、身体をぐらつかせた。腹部がひどく痛むのか、庇《かば》うように手で押さえ

ている。顔は土気色で、まるで死人が生き返っているみたいだった。今すぐ倒れてもおかしくないほど苦しそうに見える。

だが、女性は自らを奮い立たせるように、ぎりっと歯を食いしばった。なぜなら、彼女《かのじょ》にはやるべきことがある。

――ごめんなさい。時間がないわ。すべてを転写する前に彼《かれ》が死んでしまいそう。千年後の彼と貴方《あなた》にすべてを託《たく》すことになってしまう。

この場所を訪れるほんの少し前に、彼女自身が口にした言葉だ。伝えた相手は将来リオと行動を共にする人型精霊《せいれい》の少女、そうアイシアである。

（あの子に、ああは言ったけれど……）

来るべき千年後の未来に備えて、女性――いやリーナはできる限りの備えをしておかなければならなかった。たとえ未来を見通す権能をなくし、異界の権能によって確実な死に向かっている状態であっても。だから――、

（……この肉体に残されたわずかな寿命《じゅみょう》を使って、できる限りのことをする）

と、リーナは決意を新たにする。

そして頭上に広がる青空を見上げて――、

（まずはこの場所から始めましょう、私の戦いを……）

リーナは自らに残された寿命が少ないことを認識《にんしき》しながらも、満足げに口許《くちもと》をほころばせた。そして今度は足下《あしもと》の大地に視線を向ける。

そこは将来、ガルアーク王国城が築かれる土地だった。

【第一章】 第七賢神

神聖暦《れき》一〇〇〇年。

まだ空が薄暗《うすぐら》い早朝に。

ガルアーク王国王都の娼館《しょうかん》街から、巨大《きょだい》な火柱が立ち上っていた。千堂貴久《せんどうたかひさ》が娼館を焼き払《はら》うために放った業火《ごうか》だ。その勢いは凄《すさ》まじく、王城からでも視認《しにん》できるほどに強く高く燃《も》え盛《さか》っている。ゆえに、いったい何事かと、城内は騒然《そうぜん》となっていた。

まだ眠《ねむ》りに就《つ》いていた沙《さ》月達《つきたち》も、慌《あわ》てて屋敷《やしき》の庭に駆《か》けだした。火柱は沙月達が暮らしている屋敷の庭からでも視認できる。

屋敷の庭にはセリア、ラティーファ、サラ、オーフィア、アルマ、沙月、亜紀《あき》、雅人《まさと》、シャルロット、コモモ、ゴウキ、カヨコ。そしてゴウキに仕えるサヨや兄のシンを始めとする従者達に、シャルロット専属の護衛騎士《きし》達《たち》。さらには屋敷で新たに暮らすことになったセリアの母モニカに、ちょうど屋敷へ泊《と》まりに来ていたリーゼロッテとアリアの姿もあった。唯一人、美春の姿だけがないが——、

「…………」

一同は庭に勢揃《せいぞろ》いして、息を呑《の》みながら火柱を眺《なが》めていた。そうしている内に火柱が霧《む》散《さん》して消えるが、その後もしばらくは沈黙《ちんもく》が流れ続ける。

皆《みな》、考えているのだ。

自然に発生した火柱とは思えない。自然に発生した火が、天を貫《つらぬ》くほど空高く舞《ま》い上がるはずがない。ゆえに、誰《だれ》かが人為的《じんいてき》に生み出した炎《ほのお》と考えるのが妥当《だとう》だろう、と。

しかし、人為的に引き起こすにしても規模がでかすぎる。これほど巨大な炎を生み出す魔《ま》法《ほう》は現代のシュトラール地方には一般《いっぱん》に存在しないはずだし、精霊術で作り出すにしても馬鹿げた規模である。

できる者がいるとしたら、相当に巨大な力を秘《ひ》めた存在であろう。いったい誰がと、候補を思《おも》い浮《う》かべた時に、思い当たる存在は極めて少ない。

例えば――、

「な、なあ、あの炎って……」

雅人が恐《おそ》る恐る口を開く。

――兄貴が操《あやつ》っているんじゃないか？

城を抜《ぬ》け出して失踪《しっそう》している貴久があの炎を作りだした張本人なのではないかと、雅人は喉元《のどもと》まで出かかった言葉を呑《の》み込《こ》んだ。

あれほどの炎を操って貴久が何を燃やしているのか？　なぜそんなことをしようと思ったのか？　考えるのが怖《こわ》くなったのかもしれない。すると――、

「ね、ねえ、美春《みはる》お姉ちゃんは⁉」

亜紀も嫌《いや》な予感を振《ふ》り払うように、きょろきょろと周囲を見回す。血は繋《つな》がっていなくとも、姉として慕《した》っている美春の傍《そば》にいたくて仕方がないのだろう。しかし、その美春の姿が見当たらない。その時のことだ。

「っ……⁉」

お城の上空で、膨大《ぼうだい》な魔力《まりょく》が出現した。例えるなら、暴風が空から降り注いでくる光景を想像するといいだろう。大気が震《ふる》えるほどのプレッシャーが地上に降り注ぎ、魔力を感じ取れる者達は血相を変えて臨戦体勢をとった。

「っ、精霊の気配⁉」

サラ、オーフィア、アルマがハッとして庭の一角を見る。近くに精霊が現れたと、彼女《かのじょ》達《たち》が契約《けいやく》している精霊達《せいれいたち》から教えられたのだろう。果たして――、

「…………」

そこには実体化したアイシアが立っていた。超越者《ちょうえつしゃ》に課せられる制約を回避《かいひ》して戦うた

めの仮面を、今まさに装着しようとしている。

「……誰？」

皆、不思議そうに首を傾《かし》げた。

当然だ。リオと共に超越者になってしまった今、誰もがアイシアのことを覚えていないのだから。

例外は——、

（アイシア⁉　なんで実体化して……。ううん、それだけアレがまずいんだわ）

今この場においては、セリアだけだ。なぜかはわからないが、セリアには神のルールが適用されず、リオとアイシアのことを覚えている。

「みんな逃《に》げて！」

アイシアが叫《さけ》んで、飛翔《ひしょう》を開始した。普段《ふだん》は感情がとても希薄《きはく》なのに、その声には強い緊迫《きんぱく》感が込められていた。それで——、

「みんな、ここにいたらきっとまずいわ！　早く……！」

逃げましょう——と、セリアも皆に呼びかけようとした。しかし、このタイミングで屋敷の玄関《げんかん》から美春が出てくる姿が見える。

「ミハル、早くこっちに！」

セリアが美春に呼びかけると、庭にいた者達の視線も美春に流れた。だが——、

「………」

美春は寝惚《ねぼ》けているのか、ぼんやりとした顔でとぼとぼと歩いている。その様子を見てセリアが慌てて駆け寄る。しかし、美春は立ち止まり、巨大なプレッシャーが降り注ぐ夜明けの空をぼうっと見上げた。

（どうしたのよ、ミハル⁉）

セリアはさらに美春との距離《きょり》を詰《つ》める。すると——、

「《憑依《ポゼッション》》」

美春が口を動かした。

「え……？」

セリアが耳を疑う。つい最近、セリアが獲得《かくとく》した古代魔法の呪文《じゅもん》と、出だしの詠唱《えいしょう》が一緒《いっしょ》だったからだ。

「《型《タイプ》・第七賢神《セブンスヘブン》・英雄模造魔法《オルターエゴ》・改《モド》》」

（やっぱり！　でも……！）

セリアは美春が呪文の詠唱を口にしたのだと確信する。だが、同時に疑問符《ぎもんふ》も浮かべた。自分が習得した古代魔法の呪文とは細部の詠唱が微妙《びみょう》に異なっているし、美春は魔法を習

得していないはずだからだ。

となれば、美春がいま詠唱した呪文は魔法ではなく、魔術《まじゅつ》が込められた魔道具《まどうぐ》のそれということになるのか？　だが、そうだとしてもいつの間にそんな物を？　いずれにせよ、複雑な術式の光が、美春の身体を包み込む。

「美春ちゃん⁉」

沙月がぎょっとして美春の名前を叫んだ。しかし、当の美春は沙月を一瞥《いちべつ》することすらせず、何かを確認《かくにん》するように自分の両手を見下ろしている。そして日頃《ひごろ》の美春では想像もつかぬ愉悦《ゆえつ》を口許に覗《のぞ》かせると――、

「……成功ね」

と、満足げに独《ひと》り言《ご》ちた。

「…………………」

セリアは絶句し、美春を見つめている。すると、美春もセリアを見つめ、二人の視線が重なった。果たして――、

「さあ、分岐した未来の帳尻を合わせるわよ」

美春は実に彼女らしからぬ口調で、セリアに微笑《ほほえ》みかけたのだった。

◇　◇　◇

時はわずかに遡《さかのぼ》る。王都の娼館街に立ち上る火柱が消えてから、強大な魔力の固まりがガルアーク王国の上空に出現するまでのことだ。

上空に、プロキシア帝国《ていこく》の外交官を務めるレイス＝ヴォルフの姿があった。静止した状態で浮遊《ふゆう》しながら、地上にそびえるガルアーク王国城を見下ろしている。また、レイスの傍《かたわ》らには直径数十センチの透明《とうめい》な球体が浮遊していた。

レイスは球体に手を触《ふ》れていて、魔力を流《なが》し込んでいる。するとややあって、複雑な形の術式が球体を取り囲むように展開され始めた。それはすなわち、この球体が何かしらの魔道具であることを意味している。

（賢神《けんじん》の置き土産《みやげ》である貴重なゴーレム。正式な主人登録ができるまで解析《かいせき》してから、実戦に投入したかったところですが……）

そう、ゴーレム。レイスがいま起動しようとしているのは、かつて七賢神達が太古に制作したゴーレムと呼ばれる古代魔道具だった。登録された主人の命令に従い、戦闘《せんとう》を遂行《すいこう》する自律型の機動兵器である。

しかし、レイスは正式な登録者ではなかった。ゴーレムは誰でも起動できないよう術式によるプロテクトが施《ほどこ》されているが、レイスはハッキングをして不正な命令の入力を行っている。

当然といえば当然だが、不正な手段ゆえの問題点が発生する。すなわち、ゴーレムが起動している間は再度の不正な命令入力はできなくなってしまうのだ。正確には、ゴーレムの起動中に不正な入力を試みると、敵対者として激しい反撃《はんげき》を喰《く》らってしまう。よって、不正な命令をもう一度安全に入力するためには、ゴーレムの起動を停止させた状態で行う必要がある。

とはいえ、登録者でない者がゴーレムの起動を停止させるのは容易ではない。ゴーレムは七賢神が神魔戦争のために開発した最強の自律戦闘魔道具《せんとうまどうぐ》だ。起動状態にある時は自分の判断では起動を停止しないので、倒して起動停止に追い込むか、内蔵する魔力が尽《つ》きて完全に起動が停止するのを待つしかない。だが――、

（今の私では起動させたゴーレムを倒すことはできない。投入する以上は、確実に葬《ほうむ》ってもらうとしましょう。対象は屋敷の庭に出ている者達で、最優先目標はセリア＝クレールと、次点で人型精霊の彼女にしておきますか。他にも脅威《きょうい》になり得る妨害者達《ぼうがいしゃたち》が出てくるようであれば、それも排除《はいじょ》ですね）

今、レイスは使い捨てを覚悟《かくご》で、ゴーレムを起動させていた。リオとソラが留守にして

いる今こそが、お城にいる者達を排除する千載一遇《せんざいいちぐう》の好機だからだ。現状で最も脅威になりそうな存在がアイシアとセリアだが、賢神リーナが裏で絡《から》んでいるとなれば、他にも面倒《めんどう》な者達が潜《ひそ》んでいてもおかしくはない。

(勇者は除外しておきたいところですが……、邪魔《じゃま》してくるようであれば一度くらいの殺害はやむなしですね。王城と都市部への被害《ひがい》は極力最小限に留《とど》めるよう設定しておきましょうか。千年間、溜《た》めに溜めた魔力が有り余っていますからね。最悪、王都そのものが地図から消えてしまう)

そうして一通りの命令を入力し終えると、レイスは球体から手を放した。術式の光が消える代わりに、球体から膨大な魔力が放出され始める。ゴーレムが起動した証左だ。

(地上にいる者達もこの馬鹿げた魔力に気づいたことでしょう)

大気が揺《ゆ》れていると錯覚《さっかく》するほどの魔力は、地上にもすぐに到達《とうたつ》するだろう。

すると、魔力の発生源である球体に変化があった。あたかも精霊が実体化するように、人をモチーフにしたような造形の外装が出現する。身長は一メートルほどだろうか。両手を備えた二足歩行型のロボットだ。

言うならば、先ほどまであった球体はゴーレムの核《かく》だ。外装を纏《まと》ったこの姿こそが起動したゴーレムのあるべき姿だった。

「…………」

ゴーレムは沈黙を保ったまま、地上にそびえるガルアーク王国城を見下ろす。まだ夜明けを完全に迎《むか》えていないので、一帯は薄暗く視界は悪い。加えて、地上まで二キロメートル近くあるが、妖《あや》しい光を放つその瞳《ひとみ》は美春達が暮らす屋敷と、その庭に出ている者達を正確に映し出していた。そして、ゴーレムは顔を動かしてレイスを視界に収める。

レイスは不正に命令を入力しただけで、正式な主人として登録が行われているわけではない。この状態だと、攻撃《こうげき》を仕《し》掛《か》けない限りは、ゴーレムはレイスを敵とも味方とも認識していないはずだ。

レイスは無《む》抵抗《ていこう》をアピールするように両手を挙げて、ゴーレムからゆっくりと離《はな》れていく。すると、ゴーレムはレイスへの興味をなくして視線を外した。代わりに、美春達が暮らす地上の屋敷へと再び視線を向ける。

直後、ゴーレムは機械的なフォルムをした右手を屋敷へ向けた。かと思えば、ゴーレムの魔力がさらに膨《ふく》れ上がり、その魔力が右手に集約されていく。そして……。

ドオン、と轟音《ごうおん》を響《ひび》かせながら、強大な魔力の砲撃《ほうげき》を放った。

◇　◇　◇

「さあ、分岐《ぶんき》した未来の帳尻《ちょうじり》を合わせるわよ」

美春が実に彼女らしからぬ口調で、セリアに微笑みかける。

「…………」

一瞬《いっしゅん》、セリアは今がどういう状況《じょうきょう》なのかも忘れて、息を呑むが――、

「っ⁉」

頭上の遥《はる》か彼方《かなた》でいっそう膨れ上がった魔力を感知し、ハッと空を見上げた。空は薄暗いし、昼間であっても簡単には視認できない高さにゴーレムはいるが、どこに魔力の発生源があるのかは容易にわかった。

本来ならば訓練した者でなければ視認できないはずの純粋《じゅんすい》な魔力光が、可視化されてしまうほどに凝縮《ぎょうしゅく》されていく光景が映った。そしてその直後には、屋敷とその一帯を丸ごとくり抜きかねないほど強大な魔力砲《まりょくほう》が、ゴーレムによって放たれた。

それは早朝に出現した、満月のようで――、

「嘘《うそ》でしょ……」

空から降り注いでくる光を見上げながら、セリアが硬直《こうちょく》する。いや、屋敷の庭にいる誰もが、この世の終わりを目《ま》の当たりにしたかのように絶望して立ち尽くしていた。

例外はただ二人。ゴーレムに対抗《たいこう》しようと、空に舞い上がって魔力を練り上げているアイシアと――、

「《術式十重奏《デクテツトマジシヤン》・極大魔力城壁魔法《マキシマイズマジツクキヤツスルウオール》》」

美春だった。美春は空に向けて手のひらを掲《かか》げ、呪文を詠唱する。直後、飛翔したアイシアの真上で、特大の魔法陣《まほうじん》が十個浮かび上がった。

（魔法の遠隔《えんかく》発動!?）

セリアはすぐに美春が何をしたのか理解する。魔法の遠隔発動は高等技術だ。通常は術者の手元に魔法陣が浮かび上がるところ、魔力の操作に長《た》けた術者であれば視界内の任意の場所で魔法陣を展開させることができる。

ただし、術者から距離が離れれば離れるほどに難易度は上がるし、高度な魔法になればなるほどまた難易度は上がる。一度に複数の魔法陣を展開させるとなれば尚更《なおさら》だ。

今、美春が魔法陣を複数展開させた位置は、術者である美春から五十メートルは離れているだろうか。その難易度は相当なものであることが予想される。

ともあれ、合計で十個の魔法が発動し、巨大な光の防御障壁《ぼうぎょしょうへき》が屋敷と庭にいる者達を包み込むように展開された。

「…………」

アイシアは眼前にいきなり魔力障壁《まりょくしょうへき》が浮かんで瞠目《どうもく》する。自分も何か術を発動させるべきか一瞬迷ったようだが、これなら十分に砲撃を防げると判断したのだろう。何か発動させようとしていた術を停止させた。直後――、

「っ⁉」

ゴーレムが放った砲撃が、美春が展開した魔力の障壁《しょうへき》に衝突《しょうとつ》する。刹那《せつな》、視界を埋《う》め尽くすほどの目映《まばゆ》い光が、王都中を照らした。

轟音が鳴り響き、一帯に暴風が吹《ふ》き荒《あ》れる。何も見えなくなった中で、障壁が破られ、砕《くだ》ける音が一回、二回、三回、四回と連続して響いた。

だが、次第《しだい》に割れるペースが落ちていく。そうして九回日の音が鳴り響き、セリアがまだ目を瞑《つぶ》って光を防いでいると――、

「ボサッとしている暇《ひま》はないわよ」

美春の声がセリアのすぐ傍から聞こえる。

「え？」

セリアが薄《うっす》ら目を開けて、横を見ると――、

「《転移魔法《テレポート》》」

美春がセリアの肩《かた》に手を触れて、呪文を唱えていた。二人の足下に魔法陣が浮かび上が

り、空間がぐにゃりと歪む。そのまま二人は姿を消してしまった。直後――、

「きゃ⁉」

小さな隕石《いんせき》でも落下したような轟音が鳴り響いて、少女達が悲鳴を漏《も》らした。ゴーレムが急降下してきて、地上に着地したのが原因だ。いや、着地というより、もはや落下だった。着地点を起点に、激しい衝撃波《しょうげきは》が迸《ほとばし》る。

「っぅ……？」

視界に映る景色が変化したことに、セリアはようやく気づいた。先ほどは美春と一緒に皆から離れた場所に立っていたのに、今は皆に囲まれる場所に立っている。隣《となり》にはゴウキがいる。二人が一瞬で移動してきたように見えたのか――、

「セリア殿、ミハル殿、いつの間に……？」

ゴウキがぎょっとして息を呑む。だが、すぐに意識をゴーレムが舞い降《お》りた方向に向け直した。セリアもゴーレムに視線を向ける。そこがつい先ほどまで自分が立っていた場所だと理解する。

セリアはゾッと背筋を凍《こお》らせた。もしあのままセリアがあそこに立っていたら、木っ端《こぱ》微塵《みじん》に吹き飛んで肉塊《にっかい》になっていたことだろう。すると――、

「っ……！」

今度はアイシアがゴーレムめがけて急降下してきて、落下エネルギーを余すことなく乗せてスタンプした。

激しい衝撃音《しょうげきおん》が鳴り響く。だが、ゴーレムは右腕《みぎうで》をかざして、アイシアの両足を軽々と受け止めていた。そして――、

「っ!?」

ゴーレムの背中から生えている翼《つばさ》の羽根が、バラバラに分離《ぶんり》して浮遊した。

「っ!?」

アイシアはすかさずゴーレムから距離を取る。羽根は一枚一枚が三角形状の鋭《するど》い刃《やいば》になっていて、それらが連結することで翼の形を成していたようだ。すなわち、分離して浮遊している状態だと、無数の刃が宙を舞っているわけで――。

「う、嘘でしょ……」

嫌な予感がしたのか、沙月が実体化させていた神装の槍《やり》を構えた。

「お下がりください！」

アリアも手にしていた魔剣《まけん》を握《にぎ》り、リーゼロッテを庇うように前に立つ。他にも武器を手にしている者達は同様に身構え、非武装の者達を守ろうとした。アイシアも皆とゴーレムの間に割って入る。

沙月の嫌な予感は的中した。浮遊していたゴーレムの羽根が、屋敷の住人めがけて一斉《いっせい》に飛翔を開始する。

「させない」

アイシアは無数の魔力の光球をすかさず展開した。迫《せま》りくる刃達《やいばたち》を迎撃《げいげき》しようと、一斉射出する。それらの狙《ねら》いは実に正確で、見事に全弾《ぜんだん》を命中させて刃を弾《はじ》き返した。

だが、アイシアの放った光球が命中に伴《ともな》い弾《はじ》けて霧散したのに対し、刃はまったくの無傷だった。軌道《きどう》こそ逸《そ》らされ、いくつかは地面に落下したが、いずれもすぐに狙いを定め直して、再び屋敷の住人達に襲《おそ》いかかろうと飛翔する。

アイシアもすぐにまた光球を作ろうとしたが、ゴーレムが直接アイシアに襲いかかってきた。一瞬で眼前に迫ると、金属質な拳《こぶし》でアイシアの顔面を打ち抜こうとする。

「っ……！」

アイシアは咄嗟《とっさ》に両腕《りょううで》をクロスさせ、同時に魔力の障壁を展開させた。直後、ゴーレムの拳が衝突し、障壁が破裂《はれつ》する。

アイシアは咄嗟に後ろに下がったが、半ば吹き飛ばされたに等しい。その威力《いりょく》を殺しきることができなかったのか、両腕がぐにゃりと歪んだ。そのまま後ろに立っていたラティーファに背中から衝突しそうになるが――、

「わわわっ、え⁉」

アイシアはぶつかる前に霊体化《れいたい》して消えてしまう。着用していた仮面だけが残り、地面に落下した。ラティーファがきょとんと目を丸くする。

アイシアはすぐに実体化し直して、落下していた仮面を拾って着用し直した。負傷した両腕は実体化し直したことで再生したが、鈍《にぶ》い痛みが残っている。だが、その時点では既《すで》にゴーレムが操る羽根の刃達が屋敷の住人達に襲いかかろうとしていて——、

「くっ……」

普段は表情に変化がほとんどないアイシアの顔に、強い焦《あせ》りの色が浮かぶ。警護対象が多すぎて、自分一人では全員を守り切ることはできないと思ったのだろう。それでもゴーレムや飛翔する羽根をどうにかしようと、魔力の光弾《こうだん》を瞬時《しゅんじ》に展開する。

その時のことだった。何の前触《まえぶ》れもなく、無数の魔法陣が地面の随所《ずいしょ》に浮かび上がる。いずれもゴーレムの羽根が飛翔するルート上に展開していて——、

「っ⁉」

すべての魔法陣から、魔力の光弾が凄まじい速度で垂直に射出された。飛翔していたゴーレムの羽根に全弾が命中し、刃が垂直に跳《は》ね上がっていく。いったい誰が発動させた魔法なのかはともかく——、

「っ……！」

アイシアは展開させていた光弾をすかさず放った。光弾は宙を舞っていた羽根に吸《す》い込まれ、それらをすべて弾き飛ばした。

だが、飛翔する刃に注意を向けすぎたせいで、ゴーレム本体への注意がわずかに散漫《さんまん》になっていた。その隙《すき》を見計らっていたかのように、ゴーレムが姿を消す。

立っていたはずの場所にゴーレムの姿が見えなくて、アイシアを始め全員がハッとして周りを見回した。瞬間《しゅんかん》、ゴーレムはセリアの頭上で拳を振るっていた。激しい衝撃音が鳴り響くが——、

「っ⁉」

ゴーレムの拳はセリアに届かず、光の障壁に阻《はば》まれていた。セリアは頭上からゴーレムが迫っていたことに遅《おく》れて気づき、びくっと身体を震わせている。他の者達も強い驚《おどろ》きに包まれている中で——、

「…………」

美春だけがいたって冷静な面持《おもも》ちで、セリアの隣に立ちながら頭上のゴーレムを見据《みす》えていた。すると、ゴーレムが拳に力を上乗せしたのか、障壁にヒビが入る。

「まずい！　むっ……」

ゴウキがすかさず刀を構えるが、ゴーレムと障壁の間に新たな魔法陣が展開した。そこから魔力の砲撃が放たれる。だが――、

「…………」

ゴーレムは難なく反射して、超至近距離《ちょうしきんきょり》から射出された砲撃を横に高速回避する。しかし、回避されるのは最初から織《お》り込み済みだったかのように、回避先にもう一つ魔法陣が浮かび上がった。そこから新たに魔力の砲撃が射出される。だが、ゴーレムはその砲撃にすら反応して避《さ》けた。

魔法陣は死角を突《つ》くように浮かび上がっているのに、ゴーレムは見えているみたいに最速で反応している。ただ、回避行動をゴーレムに強要させるよう、その後も魔法陣が続々と浮かび上がった。

「えっ……」

呪文の詠唱なしに続々と魔法陣が展開していて、傍から見れば誰が術者なのかもわかりにくい状況だ。ほとんどの者が呆気《あっけ》にとられ、回避行動を取っているゴーレムを見上げている。ただ――、

（これ、全部ミハルが……）

セリアだけが隣に立つ美春の横顔を見つめ、息を呑んでいた。超高等《ちょうこうとう》技術である魔法の

無詠唱発動まで美春が使いこなしていることを、理解しているのだ。

アイシアも美春が無詠唱で魔法を発動させていることに気づいたのか、美春の隣に並び立った。すると――、

「《光翼飛翔魔法《フォースウィング》》」

美春は呪文を詠唱して、背中から光の翼を生やす。美春の身体が重力を無視して、ふわりと浮き上がった。

（光翼飛翔魔法まで……）

セリアの驚きが強まる。光翼飛翔魔法はつい最近、セリアが獲得したばかりの古代魔法だからだ。

「美春ちゃん……？」

沙月達も呆気にとられていた。

一方で、ゴーレムの動きにも変化が起きる。遠くに吹き飛ばされていた刃の羽根を引き戻《もど》して態勢を整えつつ、両腕を振るって砲撃を薙《な》ぎ払い始めた。おそらくは回避するまでの威力ではないと判断したのだろう。

「やはりこのままだと分が悪いわ。アイシアは宙を舞っている刃をどうにかしてもらっていいかしら？　セリア、貴方は他の者達が勝手に動かないよう、全員を一箇所《いっかしょ》に集合させ

ておいて」

美春は両隣《りょうどなり》に立つアイシアとセリアに指示を出す。そして——、

「私はアレの相手をして引き離してくるから」

そう言い残して、二人の返事を待たずに空中のゴーレムへと突っ込んだ。

「え、ちょ、ミハル⁉」

驚くセリアをよそに——、

「行ってくる」

アイシアもすかさず美春の後を追う。それで——、

「……も、もう！　みんな、こっちに集まってください！　ミハルに何か考えがあるみたいなんです！」

気になることは山ほどあるはずだが、セリアは声を張り上げて庭にいる者達に呼びかけた。とはいえ、やはり皆、セリア以上に躊躇《ためら》っているようだ。

「………」

全員の反応が鈍い。理解が追いつかないというのもあるが、美春にならば戦闘を任せても大丈夫《だいじょうぶ》だという信頼《しんらい》がないからだ。

美春は簡単な精霊術こそ扱《あつか》えるが、か弱くて争い事には向かない性格をした非戦闘員の

女の子である。それが屋敷に暮らす者達の共通認識だ。

ただ、その美春が常軌《じょうき》を逸《いっ》するような戦い振《ぶ》りを見せているのも事実である。使えないはずの魔法を操り、光の翼を羽ばたかせて空を飛んでいる。

美春は自身の周囲に無詠唱でいくつも魔法陣を展開させながら、ゴーレムに急接近していた。ゴーレムも美春をひねり潰《つぶ》そうと、真っ向から突っ込んでいく。だが、ゴーレムが迫ってくる前に、美春が展開させた魔法陣の一つから砲撃を放った。

瞬間、ゴーレムが姿を消して砲撃を回避する。かと思えば、美春の真横に移動し、拳を振るっていて——、

「あぶなっ、い……!?」

地上にいるサラ達の顔が青ざめる。しかし、美春の真横にまたしても光の障壁が浮かんでいて、ゴーレムの拳を美春の代わりに受け止めていた。直後、ゴーレムの羽根が背後から迫り、美春の背中を貫こうとするが——、

「…………」

アイシアが光球を操って、羽根を弾き飛ばした。

「流石《さすが》ね」

美春が上機嫌《じょうきげん》にほくそ笑《え》む。一方で、地上にいるセリアには早く皆を集めさせるよう、

視線を向けて行動を促《うなが》した。

「っ、さあ、みんな早く集まってください！」

セリアはハッとして、声を張り上げる。それで皆、戸惑《とまど》いながらもセリアに近づき始めた。そうしている間にも、頭上の戦闘は継続《けいぞく》している。

ゴーレムは目にも止まらぬような速度で飛び回っていた。人間の肉体では耐《た》えきれないような反動がかかろうが、お構いなしだ。急加速と急停止を繰《く》り返し、美春の死角から攻撃を加えようと試みている。

そう、試みている、だ。

美春は空中で静止しながら、次々と魔法陣を展開させていた。使用している魔法の種類自体はたったの二つ。魔力の砲撃を放つ魔法と、魔力の障壁を展開する魔法だけだ。その二つを使いこなし、ゴーレムの接近を防いでいる。

美春は周りを一瞥すらしていなかった。だというのに、ゴーレムが頭上から来ようが背中から来ようが、正確無比に障壁を張り巡《めぐ》らせて動きを制限し、砲撃を命中させている。まるでゴーレムがどう動くのか、最初から全てわかっているみたいだった。

魔道士《まどうし》は戦士に接近されると弱い。そんな常識や定説を覆《くつがえ》す、魔道士の究極を体現するような戦い振りだ。

（すごい……）

セリアもつい状況を忘れて見蕩《みと》れそうになった。だが――、

「っ……」

ゴーレムの魔力がいきなり膨れ上がる。地上で見守る者達はそれを感じ取り、身体を強《こわ》ばらせた。

直後、ゴーレムは真正面から美春に突っ込む。美春が光の障壁を展開させ、ゴーレムの拳を防ごうとした。しかし、ゴーレムの拳が直撃《ちょくげき》した瞬間、障壁はガラスが割れるみたいに粉々に割れていく。

美春は斜《なな》め後方に上昇《じょうしょう》して、ゴーレムから距離を取ろうとする。だが、ゴーレムもすかさず飛翔し、美春との距離を埋めようとした。

（……時間を稼《かせ》ぐのもそろそろ限界ね。けど、予定通り集合は済んだ）

美春は地上で集結したセリア達を一瞥し、口許をほころばせる。そして目の前に魔法陣を展開させると、眼下から迫るゴーレムめがけて砲撃を放った。

ゴーレムは左の拳を振るい、迫りくる砲撃を薙ぎ払う。そして頭上に位置する美春に向けて右手をかざすと、強烈《きょうれつ》な熱光を放出した。光の熱線はゴーレムの右手を頂点に円錐状《えんすいじょう》に広く拡散し、逃げ場《ば》を防いで美春を呑み込もうとする。

「危ないっ！」

地上でサラ達が叫ぶ。だがその瞬間には、ワイドレンジに広がった光が美春を呑み込んでしまった。光はすぐに集束していき、やがて消滅《しょうめつ》する。

「そんな、美春ちゃんが………」

どこにも美春の姿が見当たらない。美春が今の熱線で跡形《あとかた》もなく消えてしまったと思ったのか、沙月達の顔が青ざめる。だが――、

「私ならここにいるわよ」

すぐ傍から美春の声が響く。沙月達がハッとして振り返ると、美春がセリアのすぐ隣に立っていた。

「え⁉」

いつの間に？　と、一同は唖然《あぜん》とする。ゴーレムも美春が地上に移動したことに気づいたらしく、その視線が地上に向かう。アイシアも美春とセリアが移動したことに気づいたのか、皆とゴーレムの間にすかさず割って入った。

「アイシア、足手まといがこれだけいたら自由に戦えないでしょう？　私はこの子達を避難させるから、アレの相手は貴方《あなた》に任せるわ」

美春が声を張り上げ、頭上のアイシアに呼びかける。

「……わかった」

アイシアはわずかに間を開けた後、首肯《しゅこう》を返した。と、同時に、ゴーレムが刃の羽根を操り、地上にいる者達《たち》を狙おうとする。

「っ……！」

アイシアはすぐに反応し、光弾を放って羽根を弾き飛ばそうとするが――、

「《集団転移魔法《マステレポート》》」

美春が先に呪文を詠唱した。直後、密集していたセリア達の足下《あしもと》に、巨大《きょだい》な魔法陣が浮かび上がる。

「これはっ？」

セリアがハッとして足下を見るが、唐突《とうとつ》に視界が歪《ゆが》みだす。直後、屋敷《やしき》の庭に立っていた者達は全員、その場から姿を消してしまう。一帯にはアイシアとゴーレムだけが取り残された。

「…………」

アイシアは美春達が地上から消えたことに気づいて瞠目し、展開させていた光弾を射出するのを中断する。ゴーレムの羽根も標的を失い、その軌道が静止した。上空ではゴーレム本体がきょろきょろと一帯を見回している。

アイシアはその隙を突いて、ゴーレムに光弾を一斉に放った。そして自らも高速で飛翔し、その場から忽然《こつぜん》と姿を消す。かと思えば、真横からゴーレムに迫り――、

「っ！」

右手に魔力を溜め、至近距離《しきんきょり》からの魔力砲を放った。だが、ゴーレムは高速で反射し、砲撃をすれすれの位置で避ける。

しかし、アイシアが旁らで操作していた光弾が複雑な軌道を描《えが》き、ゴーレムの胴体《どうたい》に直撃した。物理的なダメージこそ皆無《かいむ》なようだが、メタリックな質感をしたゴーレムの巨体《きょたい》がわずかにぐらつく。それで――、

「…………」

ゴーレムはさしあたっての抹消《まっしょう》対象をアイシアに定めたらしい。消え去った美春達を見つけようとしていたゴーレムの視線は、明確にアイシアへと定まった。言葉が通じているのかは不明だが――、

「どこにも行かせない。貴方はここで倒《たお》す」

アイシアがゴーレムを挑発《ちょうはつ》する。アイシアが着用している仮面が軽く軋《きし》んだのは、その直後のことだった。

◇◇◇

時は美春が転移魔法《まほう》を使った直後まで遡る。

ガルアーク王国城の屋上庭園には、国王フランソワ、クリスティーナ、フローラ、坂田《さかた》弘明《ひろあき》、ロアナ、リリアーナなどの姿があった。王都で起きている一連の騒《さわ》ぎを受け、少しでも情報を得ようと見晴らしの良い場所まで足を運んでいたのだ。他にも、周囲にはユグノー公爵《こうしゃく》や、セントステラ王国から来訪している要人に護衛の騎士達《きしたち》の姿もある。

空が薄暗《うすぐら》いので視界は悪いが、庭の様子ならぼんやりと見える程度には明るくなっている。皆《みな》、美春に襲いかかるゴーレムを眺《なが》めながら、呆気にとられていて――、

「おいおい、何なんだよ、あの見るからにヤバそうなロボは……？」

弘明が顔を引きつらせながら疑問を口にした。この世界には存在しないロボという言葉がゴーレムを指していることは、皆、理解できてはいるだろう。しかし、その疑問に答えられる者はこの場には一人もいなかった。

「…………」

誰《だれ》もが言葉を失い、勇者である弘明の疑問をスルーしてしまう。ただ、この状況では無理もないだろう。沸《わ》き起こる疑問が一つや二つでは済まないし、理解も追いつかない。弘

明自身、返答を期待していたわけではないのか、問いかけ直すこともしなかった。

だが、状況は刻一刻と進展しており、局面が変わった。ゴーレムが右手を頂点に、頭上を位置取る美春に対してワイドレンジの光線を放つ。円錐状に拡散する光の奔流《ほんりゅう》は、瞬《また》く間《ま》に美春を呑《の》み込《こ》んでしまった。

「っ……」

城の敷地《しきち》が昼みたいに明るく照らされ、轟音が鳴り響く。少し遅れて突風《とっぷう》がお城の屋上庭園にまで押《お》し寄せてきた。ゴーレムの攻撃によって発生した衝撃波が到達したのだ。クリスティーナ達はたまらず両腕で顔を覆《おお》った。

「くそっ、マジもんのマップ兵器じゃねえか！」

弘明も顔を隠《かく》しながら叫《さけ》ぶ。

ともあれ、やがて風が収まると――、

「ミハル様！　ミハル様がいません！」

「……大丈夫、生きているわ！」

浮遊していた位置に美春の姿が見当たらず、フローラの顔が青ざめた。だが、クリスティーナが地上を指さす。セリアの隣に立つ美春の姿が見え――、

「よ、良かった……」

フローラはほっと安堵《あんど》の息を漏らす。美春達の足下に巨大な魔法陣が浮《う》かび上がったのは、その直後のことだった。

ぐにゃりと、屋敷の住人が密集している空間が大きく歪む。かと思えば、屋敷の庭にいた者達が全員、忽然と姿を消してしまった。

「え……？」

見間違《みまちが》えだと思ったのか、フローラがぱちぱちと目を瞬《まばた》く。しかし、いるべきはずの場所に美春達の姿はない。すると――、

「……こ、ここは？」

フローラ達の背後から、沙月の声が聞こえた。

「お城の屋上庭園のようですが……」

シャルロットの呆《ほう》け気味《ぎみ》な言葉が続く。

「っ⁉」

クリスティーナ達がハッとして振《ふ》り返ると、そこには屋敷の庭にいた者達が勢揃《せいぞろ》いして立っていた。

「ええ⁉」

驚きのあまり、フローラの声が裏返る。

「……なんと………」

フランソワでさえ驚愕《きょうがく》し、強く目を見開いていた。

「これは、転移したんですか……？」

「いったいどうやって……？」

アルマが自分達に起きた事象を疑問形で言い当て、オーフィアも続く。精霊《せいれい》の民である彼女達《かのじょたち》は転移魔術《まじゅつ》の実用化に成功している。

だが、転移は取扱《とりあつか》いがとても複雑な魔術だ。実際、現代のシュトラール地方では行使が不可能な古代の超高等魔術《ちょうこうとうまじゅつ》とされている。その転移魔術をどうやって用いたのか？　疑問に思うのは当然だろう。

（私達はこの場所に転移座標を設定していない……。じゃあ、ミハルが……？　それともセリアさん？）

サラの視線は自然と美春とセリアに向かう。他にも屋敷にいた者達は誰が自分達を転移させたのか薄々《うすうす》理解しているのか、注目が集まる。

すると、その答え合わせでもするかのように――、

「《汝求《スイ・ウイス》・平和之為《パケーム》・英雄育成魔法《パラ・ベラム》・軍団《レギオン》》」

美春が新たに呪文《じゅもん》を唱えた。

（また私が知っている呪文と少し詠唱《えいしょう》が違《ちが》う……）

セリアの耳が詠唱文のわずかな違いを聴《き》き取る。直後、皆の身体を包み込むように魔法陣が浮かび上がった。

「これは……」

肉体の変化を感じ取ったのか、ゴウキが自分の手足をまじまじと見下ろす。

「貴方達《あなたたち》のポテンシャルを一時的に底上げする魔法を使ったわ。その状態なら普段《ふだん》以上に強力な術を使えるし、肉体をより強化して戦うこともできる」

美春が使用した魔法の解説を行う。その言葉通り、いま魔法が掛《か》けられた者達の身体には凄《すさ》まじい万能《ばんのう》感がこみ上げていた。

「すごい、すごいわ、これ……」

沙月も大きく目をみはっているが――、

「ただ、逆立ちしても勝てる相手ではないから、アレとまともに対峙《たいじ》するのは避けた方がいいわね。戦いはあの子に任せて、傍観《ぼうかん》している方がいい」

美春は屋敷の上空でアイシアと戦うゴーレムに視線を向けながら、水を差すように忠告も付け加えた。

「…………」

確かに、アイシアもゴーレムも凄まじい速度で飛び回って、激しい攻防《こうぼう》を繰り広げている。その死闘《しとう》に割って入るのは無謀《むぼう》に見えて、皆、息を呑んでしまう。

だが、だからといって指をくわえて見ているだけでいいのか？　見ず知らずの少女一人に戦わせておいて、本当にいいのか？　そんな葛藤《かっとう》が、一同の顔に滲《にじ》み出る。それを見透《みす》かしたように──、

「それでも見過ごせないというのなら、援護《えんご》するくらいに留めておくことね。サラ、オーフィア、アルマ。空の戦闘《せんとう》に慣れた貴方達がいいと思うわ」

美春は一同に忠告を続けた。

「ミハル……」

名指しで指名されたサラが、何か訊《き》きたそうな顔で美春の名を呼ぶ。だが──、

「じゃあ、私達はやることがあるから」

「え？」

「《転移魔法《テレポート》》」

美春はにこやかに笑みを浮かべて、隣に立つセリアの肩を抱《だ》き寄せる。そして続けて呪文を詠唱すると、きょとんとするセリアと共に姿を消してしまう。

「ええ……？」

その場に取り残された沙月達は、ひどく困惑《こんわく》してその場に立ち尽《つ》くすのだった。

◇◇◇

一方で、転移した美春とセリアは屋内に立っていた。広い空間だ。部屋の中央にはひときわ巨大な水晶《すいしょう》が浮かんでいる。精霊石だろうか？　部屋には扉《とびら》があって、どこかに通じているようだ。

「……ここは？」

セリアが瞠目して周りを見回す。

「ガルアーク王国城の地下深くにある私のアトリエよ」

「お城の地下深くって……」

ガルアーク王国城の地下深くにそんな場所が存在するなんて、セリアは初耳だった。というか、王国の人間でさえ知らないのではないだろうか？　いつの間に？　美春が？　どうやって？　などと、様々な疑問が頭をもたげる。

「千年以上前に用意しておいたのよ」

美春はそう言うと、勝手知ったる足取りで部屋の中央に浮かぶ水晶に近づいていく。

「せ、千年以上前にって……」

セリアの顔に驚愕が滲むが――、

「今の私が誰だか薄々気づいているんでしょう？　私の権能が何だか忘れた？」

と、美春はほくそ笑んで問いかける。

「やっぱり、貴方は……。いいわ。それで、私は何をすればいいの？」

絶句しかけるセリアだが、すぐに気持ちを切り替《か》えたらしい。深く溜息《ためいき》をつくと、美春の後を追ってその背中に問いかけた。

「流石、優秀《ゆうしゅう》ね。無駄《むだ》な質問をしてこないのは気に入ったわ。色々と訊きたいこともあるでしょうに」

美春は振り返って、上機嫌にセリアに微笑《ほほえ》みかける。

「上に現れたアレをなんとかしないとまずいんでしょう？」

「その通り。上で暴れているのはゴーレム。神魔《じんま》戦争の時代に賢神達《けんじんたち》が創り出した最高の決戦用魔道具《まどうぐ》よ。アイシアなら時間稼ぎくらいはできるでしょうけど、このままだとどう足掻《あが》いても勝つことはできない」

「アイシアでも……？」

「超越者《ちょうえつしゃ》を倒すことはできずとも、足止めすることを目的に開発された怪物《かいぶつ》だもの。言っておくけど、状況《じょうきょう》は思っている以上に切迫《せっぱく》しているわよ」

「そんな相手、いったいどうやって……」

倒せばいいというのか？　今、ガルアーク王国城にはリオが不在なのだ。どこにいるのかもわからない。セリアの声は強い焦りを帯びる。だが――、

「簡単よ」

と、美春は存外、あっさりと言ってのけた。その理由を――、

「この城にいるメンバーで倒せないのなら、倒せる存在を呼べばいい」

美春は滔々《とうとう》と語る。

「倒せる、存在……？　まさか……」

セリアの脳裏《のうり》に、一人の人物像が思《おも》い浮かぶ。セリアが知る限りで誰よりも強くて、誰よりも頼《たよ》りになる少年のことが……。

「そのまさかよ。彼《かれ》をこの地に呼び戻すわ」

美春は満足げに頷《うなず》き、口許《くちもと》をほころばせるのだった。

【第二章】 ゴーレム

ガルアーク王国城の屋上庭園で。

（どうなっているのよ、これ……）

皇沙月《すめらぎさつき》は呆然《ぼうぜん》と上空を見上げていた。

まだ薄暗い未明に、王都に火柱が昇《のぼ》った。上空から破壊《はかい》の光線が降り注いできて、屋敷を消し飛ばそうとした。だが、巨大な魔力《まりょく》の障壁《しょうへき》が浮かび上がり、光線を防ぐ。

今度は金属質な人形が舞《ま》い降りてきて、襲いかかってきた。すると仮面を着けた見知らぬ桃色髪《ももいろがみ》の少女が、自分達を守るかのように人形と戦い始めた。美春《みはる》も魔法を使いこなして、人形と戦い始める。

やがて美春は皆を連れてお城の屋上庭園へ転移して、続けてセリアと一緒《いっしょ》にどこかへ転移してしまった。

それが今、お城の屋上庭園に取り残された沙月達が置かれた状況だ。いったい何が起きているのか？　これは夢なのではないだろうか？　いまだ理解が追いつかず、困惑するのも無理はないだろう。

しかし確かなことは、今もなお戦いは続いているということだ。仮面を着けた桃色髪の少女——アイシアと、金属質な人形——ゴーレムが攻防を繰り広げている。美春は移動先を読んで障壁を展開することでゴーレムの高速戦闘を制限していたが、対するアイシアは自らも高速で飛び回ることでゴーレムの速度に対抗《たいこう》していた。

ゴーレムは瞬間移動でもしたかのような速度で飛び回っているが、アイシアもそれに近い速度で移動している。

「すごい、あの速度に対応している……」

オーフィアが瞠目《どうもく》してぽつりと呟《つぶや》く。飛翔《ひしょう》の精霊術を得意としているハイエルフの彼女《かのじょ》であっても、無理な芸当だった。

「彼女は何者なのだ？」

誰か知っている者はいるかと、国王フランソワが疑問を口にする。

「……精霊です。それも人型の……」

サラが戸惑いがちに言う。フランソワにはサラ達が契約《けいやく》している精霊に関する情報を共有しているが、この場には共有していない者もいる。ただ、今は情報の共有範囲《はんい》を気にしている場合ではない。サラが戸惑っているのは、むしろアイシアの正体である人型精霊が精霊の中でも極《きわ》めて希少かつ高位の存在だからだった。

「人型の精霊？」

「精霊の中でも極めて高位の存在が人型精霊です。おそらく世界の中でも数えられる程度にしか存在しないはず」

「それが今あそこで戦っている仮面の少女だと？」

「はい。あの御方《おかた》がどういう精霊なのか、どうしてアレと戦っているのかは私達にもわかりませんが……」

サラは確信を込めて頷き、説明を付け加えた。

「むう……」

フランソワは悩《なや》ましそうに唸《うな》る。すると――、

「でも、私達を守ってくれているんだよね？　逃《に》げてって、言っていたよ」

ラティーファがアイシアを案じるように、ひどくもどかしそうな眼差《まなざ》しを向けた。

「……ええ」

アルマが重々しく首肯する。互角《ごかく》の攻防を繰り広げているように見えたアイシアとゴーレムによる戦闘の均衡《きんこう》が崩《くず》れたのは、その直後のことだった。

◇◇◇

アイシアはゴーレムと距離《きょり》を保つことを意識しながら、高速で飛び回って攻撃《こうげき》を放っていた。一方で、ゴーレムは距離さえ詰《つ》めてしまえば造作なく、ねじ伏《ふ》せられると踏《ふ》んでいるのか、アイシアとの距離を果敢《かかん》に詰めようとしている。

接近戦になった時に不利になるのは自分だと、アイシアは理解していた。なぜなら、ゴーレムの装甲《そうこう》が硬《かた》い。材質は不明だが、金属のような物質で全身が構築されている。ただの鉄の塊《かたまり》ならアイシアが身体強化すれば殴《なぐ》ってへこませることも可能だろうが、ゴーレムの装甲は鉄とは比べものにならない。既に命中させた精霊術の手応えから、アイシアはそう予想していた。

そんな硬い装甲を持つ身長二メートル強のゴーレムと、小柄《こがら》な女の子のアイシア。アイシアが身体強化をしたところで、真っ向からの殴り合いになればどちらが有利なのかは明らかだった。

それでアイシアはゴーレムから距離を保ち、先ほどから炎《はのお》、水、氷、雷《かみなり》と、様々な属性の精霊術を放って命中させているが――、

（雷も駄目《だめ》）

まるで手応えがない。弱点らしい弱点がないのだろうか？　となれば、装甲を貫《つらぬ》くだけの威力《いりょく》を持った物理的ダメージを与《あた》えるしかなさそうだが……。

ゴーレムから逃げ回れるだけの速度で飛翔しながら、それだけの威力を与えられそうな精霊術も発動させるとなると、飛翔の精霊術以外の術を使う余裕《よゆう》がなくなってしまう。その間はゴーレムから一方的に攻撃を浴びせられることになるだろう。

ゴーレムは距離を詰めるのと並行《へいこう》して刃《やいば》の羽根を操《あやつ》り、アイシアに攻撃を加えようとしている。それに対処するためにアイシアも数百個にも及《およ》ぶ光弾《こうだん》を展開して迎撃《げいげき》を行っているが、これではゴーレムの装甲を突破《とっぱ》するだけの術を発動させられない。すると、その時のことだ。

「っ……」

ピシッと、アイシアが着用する仮面が軋む音が響《ひび》く。リオと共に超越者として認定《にんてい》されてしまった今のアイシアは、神のルールの影響《えいきょう》下にある。

つまりは、特定の誰かに肩入《かたい》れするような真似《まね》をすれば、その特定の者達に関する記憶《きおく》を失うペナルティが科せられる。そのペナルティを肩代《かたが》わりしてくれるのがこの仮面なのだが、耐久度《たいきゅうど》には限界がある。

（……このままだと時間がなくなる。やるしかない）

逃げに徹《てっ》すれば時間は稼げるだろう。しかし、それでは仮面が割れた段階で積んでしまう。だから、仮面が完全に割れてしまう前に、ゴーレムを倒さなければ――と、アイシアは守りを薄《うす》くしてでも魔力を練ることを決めた。

しかし、不幸なことにゴーレムの戦闘パターンに変化が起きる。徹底《てってい》して近接戦闘を避けようとするアイシアに対応するためだろう。ゴーレムは羽根の刃を操る以外にも、遠隔《えんかく》攻撃《こうげき》の手数を増やし始めた。

すなわち、ゴーレムは背中の翼《つばさ》を分離《ぶんり》させて自在に操る以外にも、魔力を破壊エネルギーに転じて放出する遠距離《えんきょり》攻撃《こうげき》も得意としている。ゴーレムは手足から生えている鋭利《えいり》な爪《つめ》から、長さ一メートルほどの光槍《こうそう》を連射し始めた。

加えて、背中から刃の羽根を分離させた後は、失った羽根の代わりにエネルギーの光翼を展開させることもできるらしい。エネルギー翼からも光槍を無数に放出できるようで、人が瞬きをする程度の間に凄まじい数の光槍をばらまき始めた。

ゴーレムは光翼を広げ、両手をかざし、アイシアが飛翔しそうなルートに向けて広く制圧射撃《しゃげき》を行う。その弾幕《だんまく》量は桁外《けたはず》れで、広域殲滅《せんめつ》を可能とするほどの火力がアイシア一人に向けられた。

光槍一つ一つの威力は馬鹿にできない。王都の傍《そば》に広がる巨大な湖に光槍が何発か着弾《ちゃくだん》すると、巨大な水柱がいくつも立ち上るのがアイシアの視界に映った。それで、光槍がお城や都市部に落下してはまずいと思ったのか――、

「っ……！」

アイシアはすかさず移動ルートをゴーレムの頭上に絞《しぼ》って移動し始める。幸いゴーレムは射出後の光槍の軌道《きどう》を操ることができないらしい。ただ、代わりに背中から分離させた刃の羽根は精密に軌道を操作して飛翔させることができる。よって、光槍でアイシアの移動ルートを制限しつつ、刃の羽根でアイシアを仕留《しと》めようとした。

それで、アイシアはゴーレムの制圧射撃に対処するため、数百にも及ぶ光弾を展開・維《い》持《じ》することを強《し》いられる。射出した光弾の軌道は精霊術で操作することが可能なので、刃の羽根が接近してくるのを防ぐために用いた。直線軌道で迫《せま》ってくる光槍は威力が大きいので直撃するとまずいが、すべて見て回避《かいひ》する。ただ――、

「くっ……」

ゴーレムが放つ弾幕の量は凄まじく、全力で走りながら針の穴に糸を通すようなコントロールが要求された。しかも、王城や都市部への被害《ひがい》を気にして自ら移動ルートに縛《しば》りをかけた状態では、攻撃に対処する難易度はさらに上昇する。

そうやって威力でも手数でも圧倒《あっとう》してくるゴーレムの攻撃に押し込まれて、アイシアは

防戦一方の状態を強いられることになった。普段は感情を表に出すことがないアイシアだが、その表情に余裕はない。

（これだけ威力を込めた攻撃を垂れ流しにして、魔力は尽きないの？）

およそ魔力の消費を気にしていないとしか思えない弾幕の張り方だ。いつまでこの弾幕を張り続けることができるのか？　魔力切れを狙《ねら》うのもアリか？　ゴーレムが放出し続ける光槍の雨を躱《かわ》しながら、アイシアは考える。

しかし、ゴーレムの魔力量を測る手段が存在しない以上、魔力切れを狙うのは賭《か》けにも等しい戦いになるだろう。仮面の耐久力《たいきゅうりょく》にも限界があるし、魔力の供給源であるリオがいない状態ではアイシアの魔力量にも制限がある。活動限界を先に迎《むか》えるのはアイシアになる可能性の方が高いかもしれない。

それに、このままゴーレムの攻撃に対処し続けられるかどうかも怪《あや》しかった。かろうじて被弾《ひだん》を防げているが、一つ判断を誤ればいつ攻撃を食《く》らってもおかしくない。そうなれば瞬く間に戦闘不能に追い込まれることだろう。

（魔力が切れるのを狙うのは駄目。やっぱり私からも攻撃をしないと……）

と、考えるアイシアだが、弾幕を凌《しの》ぐのに手一杯《ていっぱい》で、ゴーレムの装甲を突破するだけの反撃《はんげき》をする方法がまったく思い浮かばなかった。いかんせん弾幕の量が凄まじすぎて、防《ぼう》御《ぎょ》を疎《おろ》かにしてでも魔力を溜《た》めるにはリスクが大きすぎる。

「……………」

アイシアの焦《あせ》りは強まっていく。このままいたずらに魔力と仮面の耐久力を浪費《ろうひ》し、時間切れになる場面が脳裏をよぎったからだ。

ゴーレムが放つ光槍の弾幕が途《と》切《ぎ》れ、アイシアがゴーレム本体の姿を見失ってしまったのは、その刹那《せつな》のことだった。

◇　◇　◇

ガルアーク王国城の屋上庭園で。

「何よ、あの出鱈目《でたらめ》な光の雨は……」

湖に着弾して巨大な水柱が立ち上る光景を垣間見《かいまみ》て、沙月の顔が青ざめる。アイシアはすかさずゴーレムの頭上を位置取り、押し寄せる弾幕に対処し始めた。沙月が言う通り、光の雨が下から上へと逆流する。

「押され始めた……」

サラがぽつりと呟く。

アイシアの形勢が不利になったことは、一目瞭然《いちもくりょうぜん》だった。

「……お城と都市に被害が出ないように戦っているようですな」

ゴウキがすかさずアイシアの意図を見抜《みぬ》く。

着弾地点に爆発《ばくはつ》を引き起こすような威力の光槍を、それこそ握《にぎ》った砂をばらまくみたいに放出しているのだ。その照準が王都に定められれば、瞬く間に瓦礫《がれき》の山が出来上がるのは想像に難《かた》くない。

「あのお姉ちゃん、やっぱり私達を守ってくれているんだよ！」

ラティーファが焦り顔で訴《うった》え——、

「なあ、俺達《おれたち》も戦った方がいいんじゃないか？」

雅人《まさと》が真剣《しんけん》な面持《おもも》ちで言った。

「ば、馬鹿！　あんたが出て行ってどうするのよ。死んじゃうわよ！」

弟が心配だからだろう。亜紀《あき》が真っ青な顔になり、矢継《やつ》ぎ早《ばや》に雅人を叱《しか》る。

「でも、逃げる場所なんてあるのかよ？　いつあの攻撃が降り注いでくるかわからないんだぜ？　それに、俺《おれ》も勇者になったんだし、このままだとあそこにいる姉ちゃんがやられちまうよ……」

雅人は思い詰めたように語り、ぎゅっと拳《こぶし》を握りしめた。

確かに、城の中に避難《ひなん》したところで、建物が崩壊《ほうかい》すれば生き埋《う》めになるのは目に見えている。光槍を広範囲《こうはんい》にばらまかれたら、どこに降り注いでくるかもわからない。避難しようにも、安全に避難できる場所は王都のどこにもないように思えた。

ゴーレムの目につかない屋内に避難して生き埋めにならないことを祈《いの》るか、目につく場所に留まってでもいざとなったら逃げられるようにしておくかだ。それに、ここは簡単に放棄《ほうき》して逃げ出していいような場所ではない。王都だ。王城だ。守るべき土地だ。

「でもあんた、空だって飛べないじゃない……」

亜紀の言葉が尻《しり》すぼみになる。と――、

「空には私達が行きます。いいですね、オーフィア、アルマ」

サラが開口し、オーフィアとアルマに呼びかけた。

「うん」「ええ」

オーフィアとアルマは決然と返事をする。

「某《それがし》も参りましょう」

ゴウキがすかさず申し出るが――、

「いえ、ゴウキさん達は皆さんの警護をお願いします。敵の数も狙いもわかりませんし、万が一アレがここに降りてきた時に備えて、一番強い人がここに残るべきです。それに、空での戦闘なら私達に一日の長がありますから」

と、サラはかぶりを振った。

「……心得ました」

逡巡《しゅんじゅん》するゴウキだが、妥当《だとう》な采配《さいはい》だと思ったのだろう。深く息をついて首肯する。

「では行ってきます。オーフィア、エアリアルを」

「うん。来て」

オーフィアが念じると、エアリアルが巨大な鳥の姿で実体化して出現した。サラとアルマが背中に乗り、オーフィアも騎乗《きじょう》する。

「では行ってきます」

と、サラが一同に告げて、エアリアルが上空へ向かう。直後——、

「見てください、光が……！」

フローラが上空を指さした。ゴーレムが両手と翼から射出していた光槍が、一斉《いっせい》に止《や》んでいたからだ。かと思えば——、

「危ない！」

沙月がハッとして叫ぶ。ゴーレムがいつの間にかアイシアの頭上に移動していて、拳を振り下ろしている姿が見えたのだ。

アイシアは咄嗟《とっさ》に魔力の障壁を展開して、ゴーレムの拳を受け止めた。だが、衝撃《しょうげき》に耐《た》えきれず、一瞬《いっしゅん》でひび割れてしまう。それでも稼《かせ》ぐことができた一瞬の時間を使って、アイシアはゴーレムから距離を取ろうとした。

ゴーレムもすかさずアイシアに迫る。同時に、ゴーレムは刃の羽根を操って、四方八方からアイシアを切り裂《さ》こうとした。

アイシアは光弾を放って刃の羽根を弾《はじ》き飛ばしつつ、並行してゴーレム本体にも光弾を射出して接近を妨害《ぼうがい》しようとする。

しかし、光弾に恐《おそ》るるに足る威力は込められていないと、今までの戦闘で判断したのだろう。ゴーレムは被弾も厭《いと》わず、ゴリ押しでアイシアに近づく。

「っ……！」

アイシアは刃の羽根を迎撃するのに必要最小限の数だけ光弾を周囲に置いて、残りの光弾はすべてゴーレムめがけて射出した。

いくつもの光弾が続々とゴーレムに命中する。しかし、ゴーレムの装甲はやはり硬かった。多少の減速効果はあるのだろうが、被弾をものともせずアイシアに迫る。

威力が足りない。他の場所に退避《たいひ》してゴーレムから距離を取ろうにも、刃の羽根が移動ルートを潰《つぶ》すように飛び回っていた。このままではゴーレムに距離を詰められて近接戦闘

に持ち込まれる。アイシアが瞬時《しゅんじ》に腹をくると――、

「っ⁉」

図太い光の砲撃《ほうげき》がアイシアの真横を通り過ぎて、そのままゴーレムに直撃《ちょくげき》した。予期せぬ援護に驚《おどろ》き、アイシアが眼下に視線を向けると――、

（オーフィア。サラにアルマも……）

エアリアルの背に乗る三人の姿が映った。どうやら今の砲撃はオーフィアが放ったらしい。ゴーレムに向けて手をかざしている姿が見えた。

「来ちゃ駄目！」

アイシアはすかさずサラ達《たち》に向けて叫んだ。

「…………」

サラ達は面食らって目を丸くする。

確かに、オーフィアが魔力を込めて放った一撃《いちげき》は、アイシアが無数に生み出していた光弾以上の威力が込められていた。着弾と同時に砲撃が弾《ひ》け、衝撃波《しょうげきは》が迸《ほとばし》る。それでゴーレムの接近を止めることにも成功していた。

だが、それだけだ。相変わらずゴーレムの装甲には傷一つついておらず、健在である。ゴーレムは新たに現れたサラ達のことも標的と定めたのか、刃の羽根を操って攻撃を加え

ようとしていた。

「っ！」

アイシアは光弾を操り、サラ達に襲《おそ》いかかろうとしている羽根を弾き飛ばす。と、同時に狙いを自分に釘付《くぎづ》けにさせようと、自らゴーレムに迫っていく。ゴーレムはアイシアに迫り、腕《うで》を振るった。鋭《するど》い光の爪がアイシアの身体を引き裂こうとする。

だが、アイシアが身体を捻《ひね》りながら浮かび上がった。そのままゴーレムの爪を鮮《あざ》やかに躱しながら、顔に回し蹴《げ》りを命中させる。

（……重い）

アイシアの脚《あし》にゴーレムの重量がずっしりと伝わってくる。しっかりと固定された鋼鉄の図太い柱でも蹴《け》ったみたいだった。ゴーレムの胴体《どうたい》がわずかに揺《ゆ》れるが、ダメージを与えたという手応えがまったく感じられない。

すると、ゴーレムの臀部《でんぶ》から生えている尻尾《しっぽ》が、鞭《むち》のようになった。槍のように鋭利な尻尾の先端《せんたん》でアイシアの身体を貫こうと、弾丸《だんがん》みたいな速さで伸《の》びてくる。

「っ……！」

アイシアは身体を捻転《ねんてん》させ、尻尾を躱す。だが、それを見越《みこ》したように、ゴーレムの尻尾が蛇《へび》みたいにアイシアの身体に巻き付いた。

瞬間《しゅんかん》、アイシアは霊体化《れいたい》する。仮面だけがその場に残って落下を開始するが、アイシアはすぐに実体化し直して仮面を回収、装着し直した。ゴーレムもすかさず尻尾を操り、アイシアを襲おうとする。

ゴーレムは両腕《りょううで》も振るい、アイシアの身体を引き裂こうとした。アイシアは小柄さを活《い》かして攻撃を躱している。

すると、刃の羽根が一斉にゴーレムの近くに戻《もど》ってきて、アイシアの逃げ場《ば》を塞《ふさ》ぐよう球状に飛翔して包囲網《ほういもう》を敷《し》き始めた。霊体化すれば脱出《だっしゅつ》することは可能だろうが、仮面を中に残してしまうことになる。それに、頻繁《ひんぱん》に実体化を繰《く》り返すと魔力の消耗《しょうもう》も激しいので、付近に契約者《けいやくしゃ》がいない状態ではあまり多用しない方がいい戦法だ。

結果、アイシアはゴーレムの羽根が作りだした刃の球状空間に閉《と》じ込められ、その中でゴーレムと戦うことを強いられた。

直径数メートルほどの逃げ場のない空間で、自分よりも巨大《きょだい》で頑丈《がんじょう》な相手と近接戦闘をするのはただでさえ不利だ。加えて、ゴーレムには尻尾という人間にはない第三の腕がある。

動ける空間が限られていては、攻撃を躱し続けるのにも無理がある。となれば、反撃するしかない。アイシアはゴーレムを空間の外に押し出そうと、手をかざして至近距離《しきんきょり》から強力な衝撃波を放った。

しかし、ゴーレムも手をかざして魔力の障壁を作りだしていて、アイシアの放った衝撃波を受け止めていた。

「っ……」

押《お》し出すどころか、微動《びどう》だにしていない。それどころか、ゴーレムはそのままアイシアに迫り、爪で身体を引き裂こうとしてきた。

アイシアは咄嗟に上昇《じょうしょう》して躱すと、今度は刃に切られるスレスレの位置で反転して急降下し、両足でゴーレムをスタンプする。岩石くらいなら踏み砕《くだ》いて軽く粉々にできるくらいの威力を込《こ》めているはずなのに、ゴーレムには軽々と受け止められてしまった。

直後、ゴーレムの尻尾がわずかに揺らめくのが、アイシアの視界に映る。刃に囲まれた閉鎖《へいさ》空間で、ゴーレムの攻撃をこれ以上躱し続けるのはもう無理かもしれない。アイシアはいよいよ、霊体化して仮面を捨てる覚悟《かくご》を決める。残された仮面は落下し、刃に切り裂かれて壊《こわ》されてしまうだろうが、仕方がない。

その時のことだった。

「っ⁉」

強力な精霊術が外から次々と飛んできて、ゴーレムの羽根が構築する刃の結界を大きく剥《は》ぎ取った。刃の羽根が次々と吹《ふ》き飛ばされ、包囲網にほころびが生じる。アイシアはすかさず加速し、包囲網にできた穴から外へと脱出した。

次の瞬間、頭上から直径十数メートルはある巨大な水塊《すいかい》が勢いよく落下してきた。さながら隕石《いんせき》のごとく、内部のゴーレムごと刃の羽根の結界に直撃する。

（どうして……）

アイシアが頭上を仰《あお》ぎ見ると、サラとアルマが魔力を押し固めた足場を精霊術で作って空中に立つ姿が見えた。それで今の攻撃が、二人が協力して発動させた精霊術によるものだと判断する。

ただの水の塊ではない。液体でありながら固形に近い性質も併《あわ》せ持っているのか、目標に直撃しても弾け飛ばず、そのまま水塊の形を保って刃の羽根ごとゴーレムを水の中に呑《の》み込んでしまった。加えて、内部のゴーレムは強力な水圧に晒《さら》される。

「さあ、封《ふう》じ込めますよ、アルマ！」

「はい！　お願いします、オーフィア姉さん！」

サラとアルマは今もなお、協力して術を発動させ続けているらしい。ゴーレムが脱出できないよう、水の牢獄《ろうごく》を維持しようとしていた。そして――、

「うん！」

オーフィアが強力な電撃《でんげき》を操り、水塊に流《なが》し込んで中のゴーレムを感電させる。それぞれが一流の精霊《せいれい》術士であり、幼い頃《ころ》から一緒に育ってきた三人ならではの、見事な連携《れんけい》だった。

「三人とも戦っちゃ駄目。逃げて」

この程度でゴーレムをどうにかできると思ってはいないのだろう。アイシアがサラ達に焦り顔で訴えかけた。だが――、

「訳のわからないことを言わないでください！」

サラが精霊術を維持しながら叫《さけ》んだ。

「……………」

アイシアが目を丸くする。

「貴方《あなた》が私達のことを守ろうとしてくれていることはわかります。けど、一方的に守ってもらう理由がありません！」

だって、今のサラ達にとって、アイシアは見知らぬ他人なのだ。けど、アイシアにとってはそうではなくて……。

「それは、とても危険な相手だから……」

リオの留守中に、みんなを守るのは自分の役目だと伝えることができなくて、アイシア

がもどかしそうに答えた。

「そんなことは戦いを見ていてよくわかりました。貴方が私達よりずっと強いことも。けど、この中にいる化け物は貴方よりも強い。一人では倒《たお》せないいんじゃないですか？」

私達のことを頼ってくださいと言わんばかりに、サラが水牢《みずろう》を見つめながらアイシアに問いかける。

「…………」

一人でも倒せるとは、アイシアは口にできなかった。このままでは時間を稼ぐのが精一《せいいっ》杯《ぱい》で、やがてゴーレムを解き放ってしまう未来が透《す》けて見えたからだ。さっきだってサラ達が援護してくれなければ、あのままゴーレムに倒されていたかもしれない。

「アレを倒さなければこの土地が瓦礫の山になりかねません」

「だから、一緒に戦いましょう」

「私達がサポートします」

オーフィアとアルマもアイシアに力強く呼びかけた。

「譲《ゆず》りませんよ」

サラがダメ押しするように、決然と付け加える。

「……わかった。なら、私が前面に出てアレと対峙《たいじ》する。浮《ふ》遊《ゆう》する刃が厄介《やっかい》だから、邪魔《じゃま》

をさせないようにしてほしい。光の槍は躱せばいいから無視していい」

アイシアは躊躇《ためら》いがちではありながらも、重たい首を縦に振《ふ》った。このまま時間を稼いだところで、ゴーレムを倒せなくてはこの王都に未来はない。そう思ったのだ。

「わかりました」

サラ達は嬉《うれ》しそうに返事をする。ゴーレムを包み込む水牢が内部からの圧力で吹き飛んだのは、その直後のことだった。

「くっ……」

閉じ込められていたゴーレムが光の翼を幅《はば》いっぱいに広げて、刃の羽根を自分の周りに展開させている。銀色の機体が水飛沫《みずしぶき》に彩《いろど》られて、きらきらと輝《かがや》いていた。

その姿は神々《こうごう》しく、さながら天使が出現したようにも見える。だが、サラ達の瞳《ひとみ》には悪《あく》魔《ま》のように映っていることだろう。

「ヘル！」「イフリータ！」

サラとアルマの呼びかけに応じて、銀狼《ぎんろう》と獅子《しし》の姿をした精霊が出現する。そうして自分達の契約精霊《けいやくせいれい》を呼び出すと、二人はその背中に飛び移った。オーフィアも自分の契約精霊であるエアリアルの背中に乗っかる。

ヘルもイフリータも翼はないが、サラやアルマと同じように魔力で足場を作ることで空中でも疾駆《しっく》することが可能だ。

「回避はヘル達に任せます！　私達は術の制御《せいぎょ》に専念して弾幕を張りますよ！」

サラがアイシアにも聞こえるように作戦を共有する。

「うん！」「ええ！」

オーフィアとアルマが力強く返事をすると、三人を乗せた三体の契約精霊達《けいやくせいれいたち》は一斉に散らばって移動を開始した。直後、ゴーレムが操る刃の羽根も分散してサラ達を狙おうと追《つい》跡《せき》し始める。

（三人とも、死なないで……）

アイシアはサラ達に向かう攻撃を無視し、ゴーレム本体へと突《つ》っ込むのだった。

◇　◇　◇

そして場所はガルアーク王国城の地下深くに移る。天井《てんじょう》が高く、中央に巨大な水晶《すいしょう》が浮《う》かぶ部屋で、セリアは美春と向き合っていた。

「呼び戻すって……。リオを？　リオをお城に呼び戻すの？　今どこにいるかもわからないのに」

いったいどうやって？

と、セリアはやや興奮気味に問いかけた。

「今はアルマダ聖王国の聖都トネリコにいるはずよ。だから召喚魔術《しょうかんまじゅつ》を使う」

美春は落ち着いた声色《こわいろ》で答えるが、召喚魔術といえば転移魔術《まじゅつ》を扱《あつか》える精霊の民でも使用できない伝説上の魔術だ。

「召喚魔術って……」

実例は勇者召喚しか知らないからか、セリアは目を見開く。

「大まかな座標はわかっているけど、対象を厳密に指定した召喚を行うには相手の正確な座標を特定する必要があるの。貴方にも手伝ってもらうわよ」

「わかった。何をすればいい？」

こうしている間にも地上では戦いが繰り広げられているからか、セリアが気を引き締《し》め直して真面目な顔になる。

「こっちへいらっしゃい」

美春は満足げに口許をほころばせ、部屋の中央に浮かぶ巨大な水晶に近づいた。

（この水晶、精霊石じゃないのかしら？）

淡《あわ》い黄金の光を放っていて、精霊石では見たことがない色合いだった。セリアも美春の後を追い、間近から水晶を見上げる。

「超高純度《ちょうこうじゅんど》な精霊石とでも考えればいいわ。私達はマナクリスタルと呼んでいた。馬鹿げた量の魔力が込められるから、大規模な魔術を維持するための触媒《しょくばい》としてちょうどいいのよ」

美春がセリアの疑問を見抜いているように解説する。

「マナクリスタル……」

セリアが息を呑む。

「このクリスタルに召喚魔術と、他にも必要な魔術を封じてあるから、順番に発動させていくわよ」

美春はそう言いながら、マナクリスタルに両手をかざした。すると、水晶から溢《あふ》れる光がわずかに強まる。そして――、

「さあ、貴方もクリスタルに自分の魔力を同期させなさい」

と、美春はセリアに指示した。

「……これでいいの？」

セリアも両手をかざし、マナクリスタルに魔力を流し込む。これは魔石《ませき》や精霊石から魔力を吸い出したり、ある種の魔道具《まどうぐ》を使用したりする際に必須《ひっす》の魔力操作だ。

「ええ。必要な魔術の起動は私がするから、貴方はそのままクリスタルと魔力を同期させ続けることに専念して頂戴《ちょうだい》」

「任せて」

セリアは力強く頷《うなず》く。

「かなり高度な魔力制御《まりょくせいぎょ》が要求されるから、気を抜《ぬ》かないようにね」

美春はふふっと微笑《ほほえ》み、注《そそ》ぎ込む魔力の量を増やした。すると、マナクリスタルの光がいっそう強まり――、

「っ……!?」

セリアが目を丸くした。

（なに、これ……？）

マナクリスタルが内包する魔力が嵐《あらし》のように吹き荒《あ》れ始めた。気を抜くと同期を拒絶《きょぜつ》され、発動させている魔術が停止してしまいそうだ。

「彼《かれ》がいる正確な座標の検索《けんさく》を開始したわ。処理速度を上げるわよ。付いてきなさい」

と、美春は軽く言うが――、

「え、ええ……」

検索の処理速度を上げるということは、魔力の制御がさらに難しくなるということだ。

セリアは額に冷《ひ》や汗《あせ》を浮かべながら頷く。

「貴方ならできるわ。私が創り出したホムンクルスの中で最も優秀《ゆうしゅう》だった娘《むすめ》の末裔《まつえい》だもの」

「…………」

祖先のルーツを不意に教えられ、セリアが目を丸くする。一方で――、

「急ぐわよ。手遅《ておく》れになる前にね」

美春の瞳から、憂《うれ》いが覗《のぞ》ける。

「……ええ」

セリアは表情を引き締め、首を深く縦に振るのだった。

◇◇◇

その頃、ガルアーク王国城の上空では、激しい攻防《こうぼう》が繰り広げられていた。

ゴーレムが操る羽根の総数は数百個にも及ぶ。

一つ一つが独自の意思でも持っているかのように飛び回り、本体が指定した対象へと襲いかかっている。先ほどまではその矛先《ほこさき》がすべてアイシア一人に向けられていたが、今はサラ、オーフィア、アルマの三人が引きつけていた。

サラが水弾《すいだん》を、オーフィアが光弾を、アルマが炎弾《ほのおだん》を操り、自身に迫りくる刃の羽根を弾き飛ばしている。

（あの御方はこれをすべて一人で処理していたというんですか……）

サラ達の表情は険しい。

回避はすべて騎乗する契約精霊達に任せ、自分達は狙いを定めて弾幕を張ることに専念していて、負担も分担しているはずなのに、手一杯だ。

アイシアはついさっきまでゴーレム本体を相手取りながら、光弾を放って刃の羽根の迎撃を行い、光槍の回避も一人で行っていた。術士としてどれだけ実力の開きがあるのか、サラ達は身をもって実感していた。それに――、

「くっ、どれだけ硬いんですか、あの羽根は……」

羽根の直径は一つあたり十数センチメートル。攻撃を当てさえすれば弾いて軌道を逸《そ》らすことは容易だ。

しかし、いくら弾いたところで傷がまったく付かない。即座《そくざ》に軌道を修正して飛翔《ひしょう》を再開してくるし、攻撃を当てても当ててもキリがなかった。

だが、それでもサラ達が刃の羽根を引きつけている意味は大きい。負担が減った分、アイシアがゴーレム本体と自由に戦えるからだ。

ゴーレムは頭上から接近してくるアイシアに向けて光の翼を展開し、そこから光槍を射出していた。アイシアは攻撃をかいくぐりながら、ゴーレムとの距離を詰める。ゴーレムは眼前まで迫ってきたアイシアに対し、右腕《みぎうで》を振るう。

まともに直撃すれば生物の肉体は木っ端微塵《こっぱみじん》になりかねない威力が秘《ひ》められている。アイシアでも実体化の維持が困難になるほどのダメージをくらうだろう。

アイシアはゴーレムの眼前で急静止すると、そのまま独楽《こま》のように流れてゴーレムの背後へ回り込んだ。直後、ゴーレムの背中で輝く光翼から強力な破壊《はかい》エネルギーが放出される。アイシアは咄嗟に後退し、爆発から逃《のが》れるが——、

「っ⁉」

ゴーレムがアイシアの真横に移動していて、拳を振るっていた。アイシアは身体を捻転させて、ゴーレムの拳を避《さ》ける。ついでにゴーレムの腕を足場にして踏みつけ、跳躍《ちょうやく》して距離を取ろうとした。

しかし、ゴーレムもすかさずアイシアに追いつき、拳を振るい直していた。アイシアはまともに攻撃を受けようとはせず、するりと避ける。

そこから先はゴーレムとアイシアの追いかけっこが始まった。アイシアを殴るなり、引き裂くなりしようと両腕と尻尾を振るうゴーレムと、攻撃《こうげき》を紙一重のところで躱し続ける

アイシア。

もちろん精霊であるアイシアならば、実体化した状態で深手を負って実体化を維持できなくなっても、霊体さえ無事であれば無傷の状態で再度の実体化が可能だ。

だが、精霊が実体化を維持できなくなるほどの深手を負って霊体化した場合、再度の実体化に必要な魔力《まりょく》の量は無傷の時よりも遥《はる》かに増大する。

ちょっとやそっとの攻撃をしたところでゴーレムにダメージを与えられないことは、今までの戦闘《せんとう》で嫌《いや》というほどにわかっていた。

ゴーレムを仕留めるためには、相当な量の魔力を消費して攻撃する必要がある。仮にアイシアが深手を負って霊体化したとして、再度の実体化をした上でゴーレムを倒すのに必要な魔力を残しておけるか、アイシアには自信がなかった。

（今、攻撃を受けるわけにはいかない）

本当ならゴーレムから距離《きょり》を置いてじっくりと魔力を練り上げたいところだが、下手に距離を置いてしまうと、サラ達がゴーレム本体に襲われかねない。

サラ達には羽根の刃の対処に専念してもらう必要がある。そのためにも、ゴーレム本体はアイシアが釘付けにしておかなければならなかった。だから、アイシアはゴーレムとつかず離《はな》れずの距離を保っている。

アイシアは反撃もせず、魔力を練っていた。ただ、サラ達と共闘《きょうとう》していることで相当な負荷《ふか》がかかっているのか、仮面がぽろぽろと剥がれ落ち始めている。

（時間がない。けど……）

生半可な攻撃をするつもりはない。アイシアは攻撃を回避しながら、魔力を練ることだけに専念した。

（あと少し……）

急《せ》いては事を仕損じる。回避に徹したアイシアに攻撃を加えるのは、なかなか骨が折れるようだ。とはいえ、自分から近づいてきておきながら攻撃をしてこないアイシアを不審《ふしん》に思ったのだろうか？

ゴーレムは突然《とつぜん》、アイシアを無視した。戦闘力《せんとうりょく》で劣《おと》るサラ、オーフィア、アルマを先に落としてしまえば今の均衡《きんこう》を崩《くず》せると判断したのか、まずは一番近くにいたサラめがけて急接近していた。

「っ！」

アイシアはすかさずゴーレムを追いかける。しかし、一度ゴーレムが加速を開始してしまえば、アイシアでも追いつくことはできない。ゴーレムは百メートル以上離れた場所にいるサラのもとまで、人が瞬《まばた》きをするほどの合間に到達《とうたつ》した。

初速だけでも音速にも迫る速度だ。身長二メートルを超《こ》える硬質《こうしつ》な物体がそれほどの速さで移動しているのだから、何かを破壊するのに小細工は必要ない。

そのまま体当たりするだけでもサラは木っ端微塵になるだろうが、ゴーレムは拳に破壊《はかい》力《りょく》を集約させてサラの身体に狙いを定める。

「なっ⁉」

身体強化を施《ほどこ》したサラでも反応できた瞬間には、ゴーレムはもう目と鼻の位置まで迫っていた。

狼獣人《おおかみじゅうじん》の彼女《かのじょ》が身体強化を施して全力で疾駆した際の初速は、時速百キロメートルを優に超える。最高速度となればその倍以上になるし、美春の魔法《まほう》によってポテンシャルを底上げされた今の状態ではさらに速度が上がっている。

しかし、ゴーレム相手では誇《ほこ》れるものではないし、契約精霊であるヘルに騎乗した状態ではその敏捷性《びんしょうせい》も十分には発揮はできなかった。

（死ぬ……）

と、サラが認識《にんしき》したその瞬間――、

「っ⁉」

サラの身体が跳《は》ね上がった。背中に乗せた契約者を死なせはしまいと、咄嗟に上へ跳躍したのだ。結果、ゴーレムの拳がサラの身体を捉《とら》えることはなかった。

しかし、身代わりになり、ヘルの横っ腹にゴーレムの拳が食い込む。瞬間、ヘルは実体化を維持《いじ》できなくなってしまい、光の粒子《りゅうし》と化して木っ端微塵に消滅《しょうめつ》した。

「っ、ヘル……!?」

サラが攻撃の余波で吹き飛ばされながら叫ぶ。ヘルも精霊である以上、必要な魔力の供給を受ければ無傷の状態で復活することは可能だが、実体化している間に受けたダメージはそのまま見えない痛みとして残り続ける。

今頃《いまごろ》、ヘルは全身が木っ端微塵になるほどの痛みを感じているはずだ。それはどれほどのものだろうか？　霊体にもダメージとしても残り、復活してもすぐには満足に動けないかもしれない。

しかし、ゴーレムはそんなことお構いなしだ。次はお前の番だと言わんばかりに、吹き飛ばされたサラに迫《せま》って拳を振るっていた。しかし――、

「させない！」

アイシアも音速に迫る速度で飛んできて、その運動エネルギーを両足に乗せてゴーレムを上から下に踏《ふ》みつけた。そのままゴーレムを踏み飛ばそうとするが――、

「っ……」

両足に激痛が走り、アイシアが顔をしかめる。いくら身体強化をして肉体を頑丈にしたところで、人型の姿をした生命体の脚は音速に近い速度で何かを踏みつけても耐えられるように設計されていない。それに――、

（重い……）

そう、凄《すさ》まじく重い。これだけの速度で踏み飛ばそうとしているのに、ゴーレムは吹き飛ぶどころか踏ん張って受け止めようとしていた。

さらには、ゴーレムが操《あやつ》る刃《やいば》の羽根が、ここぞとばかりにアイシアの背中めがけて迫ってきた。もともとはサラが処理を受け持っていた分だが、この状況《じょうきょう》で野放しになってしまったのだ。

「…………」

刃の羽根が迫ってきていることに、アイシアがハッと気づく。避けるべきかわずかに逡巡するが――、

「させません！」

サラがアイシアの背中に周り、弾幕《だんまく》を張った。秒間数十発にも及《およ》ぶ水弾が勢いよく射出され、刃の羽根の接近を防ぐ。

「背中のことは気にしないでください！　貴方はそれの相手を！」

と、サラは真剣な面持ちで訴えかける。

「ごめんなさい」

アイシアは頷きながら、ゴーレムを踏みつける力を強めた。

「……そういう時はありがとうと言うんです」

サラはわずかに言葉を失った後、拗《す》ねたように口を尖《とが》らせる。

「ありがとう」

アイシアは柔《やわ》らかく口許《くちもと》をほころばせて言い直した。

すると、ゴーレムの尻尾の先端がアイシアの胴体めがけて伸長《しんちょう》する。直前に尻尾がうごめいたのを、アイシアの瞳は捉えていたが――、

「なっ……」

ゴーレムの尻尾が、アイシアの腹部を鋭く穿《うが》つ。サラがそのことにすぐ気づき、絶句するが――、

「っ、大丈夫《だいじょうぶ》……」

と、アイシアは口を動かした。そして、溜《た》めに溜めていた魔力を右手から解放する。瞬間、魔力は凝縮《ぎょうしゅく》された破壊エネルギーへと変貌《へんぼう》し――、

（これは、セリアさんの……！）

サラがまなじりを決する。アイシアの右手から放出される破壊エネルギーが、以前セリアが使っていた聖剣斬撃魔法《デュランダル》から溢れる光とよく似ていると思ったからだ。いや、魔力の総量はセリアのそれをも上回っているように見える。

瞬間、この一撃を食《く》らってはまずいと思ったのか、ゴーレムは腹から尻尾を抜いてアイシアから離れようとした。しかし、アイシアが左腕《ひだりうで》でゴーレムの尻尾をしっかり掴《つか》んで離さない。それで、アイシアを引き剥がそうと思ったのか――、

「っ……」

ゴーレムは初速から音速に近い速度を出し、いきなり急降下を開始した。かと思えば軌道《きどう》を横に変えたり、斜《なな》めに変えたり、縦に変えたりと、複雑な軌道を描《えが》いて飛び回る。ジグザグに飛んでいるのに、まったく減速しない。それどころか、わずかな間にどんどん加速している。

アイシアは腹部に尻尾が突き刺《さ》さった状態で、激しく振り回される。複雑な軌道変更《へんこう》に伴《ともな》い、凄まじい負荷がアイシアの全身に襲いかかる。それはジェットコースターに乗るのとは比べものにならない。

生身の人間ならとっくに死んでいるだろう。リオやアイシアでも音速に近い速度を出す時は無理な軌道変更をしないよう徹底《てってい》している。身体強化を施した状態でも、肉体への負

担が大きすぎるからだ。

だというのに……。

音速の壁《かべ》は、とうに超えていた。ソニックブームが発生し、生身のアイシアに襲いかかる。だが――、

「っ、逃《に》がさない……」

アイシアは辛《つら》そうに顔を歪《ゆが》めながらも、ゴーレムの尻尾にしがみつく。もとよりゴーレムが馬鹿正直に攻撃を食らってくれるとは、アイシアも考えていなかった。威力《いりょく》のある攻撃を当てようとすれば、避けようとすることは目に見えている。

加えて、ゴーレムの最高速度はアイシアをも上回っている。いったん術を発動させてゴーレムに警戒《けいかい》された状態で、攻撃を確実に命中させる自信はアイシアにはなかった。

だが、それでも絶対に外すわけにもいかなかった。

アイシアは今、自分に残っている魔力の大半を投じて右手に破壊エネルギーを集約させている。二発目を放つだけの余裕《よゆう》はなく、術を発動させたら最後、確実に命中させる必要がある。ゆえに――、

「これなら確実に攻撃を当てられる」

密着できたこの状況は好都合だった。アイシアは尻尾を左腕でたぐり寄せながら、右手

を振りかぶって狙《ねら》いを定める。

ゴーレムは攻撃を外させようと、ランダムに軌道変更を行いながら、全身を上下左右に激しく揺らしていた。アイシアが地上への被害《ひがい》を嫌がると思っているのか、直下や斜め下への軌道変更を多用して徐々《じょじょ》に地上へ近づいている。だが――、

「っ！」

アイシアは針の穴に糸を通すようにタイミングと狙いを定めた。そして、破壊エネルギーを斬撃《ざんげき》の形で解き放つ。目にも止まらぬ速度で右腕を振るうと、銀色の光が長さ十数メートルもの斬撃と化した。

それはほんの二、三秒のことだった。アイシアが放った銀光の斬撃は、ゴーレムを背中から呑み込んでしまう。まだ日が昇《のぼ》りきっておらずぼんやり薄暗《うすぐら》いのに、一帯が目映《まばゆ》く照らされる。昼間の太陽が出現したかのようだった。

斬撃の威力は凄まじく、どれだけ攻撃を命中させても傷一つ付かなかったゴーレムの装《そう》甲《こう》がごっそり抉《えぐ》りとられていくのが映る。やがて光の斬撃が消滅すると、ゴーレムの頭部と下半身の一部だけが残り――、

「や、やった……」

サラが遠目に眺《なが》めながら呆《ほう》け気味《ぎみ》に呟《つぶや》く。

本体が消滅したことで制御を失ったのか、ゴーレムが操って飛翔していた刃の羽根もバラバラと落下し始めた。

「っ……」

アイシアも腹部に刺さっていた尻尾を自分で抜いてバランスを崩す。そのまま尻尾も手放すと、ふらりと落下し始めた。

「っ、危ない！」

サラ、オーフィア、アルマは同時に叫び、落下したアイシアの救出を開始した。そうしている内に、刃の羽根とゴーレムの尻尾が光の粒子となって消えていく。

一番速かったのは、オーフィアが騎乗《きじょう》して飛翔するエアリアルだった。オーフィアはエアリアルに乗りながら急降下して先回りして、落下してくるアイシアの身体を両腕で優《やさ》しく受け止める。そして――、

「大丈夫ですか⁉」

と、慌《あわ》てて尋《たず》ねた。

「……うん。魔力を消耗しただけ。お腹《なか》の傷は実体化を維持できなくなるほどじゃない。脚も痛むけど大丈夫」

アイシアが腹部を押さえながら脱力《だつりょく》して答える。

「そうでしたか。良かった……」

オーフィアはほっと胸をなで下ろす。その視線は仮面から覗けるアイシアの顔に自然と吸い寄せられた。アイシアが着用する仮面はもう六割以上が割れていて、神が直々に造形したかのように美しい面差《おもざ》しが覗けている。

（綺麗《きれい》……）

オーフィアは思わず目をみはった。すると――、

「やりましたね！」

「お疲《つか》れ様《さま》でした」

サラとアルマが歓喜《かんき》し、遅《おく》れてやってくる。

「だね」

オーフィアが安堵《あんど》の笑《え》みをたたえて頷く。

その直後のことだ。

大気を揺るがすような魔力が、四人の近くで膨《ふく》れ上がった。

「っ⁉」

アイシアがハッとし、サラ達《たち》の顔は青ざめる。そして全員の視線は魔力の発生箇所《かしょ》へと吸い寄せられた。

「まさか……」

最悪の可能性が脳裏《のうり》をよぎった。そして、その最悪は実現する。まるで精霊が実体化し直すように、消滅したはずのゴーレムが無傷の状態で顕現《けんげん》していた。

厄災《やくさい》をもたらす堕天使《だてんし》が復活し——、

「そんな……」

サラ達は言葉を失う。

「…………」

アイシアも表情険しく押し黙《だま》る。

絶望とはこのことか。アイシアの魔力はもうほとんど残っていないし、仮面もだいぶボロがきている。もう一度戦って、なんとかできる可能性は皆無《かいむ》だろう。

日の出を迎《むか》えつつある王都に、見えない暗黒の帳《とばり》が降りた。

だが、絶望はまだ始まったばかりだ。

それを象徴《しょうちょう》するように——、

「え…………？」

大気を揺《ゆ》るがすほどの魔力がもう一つ。

王都の遥か上空で出現する。

「一体でもやっと倒したのに……」

いや、その一体ですら、本当は倒せていなかったのだ。

だというのに、まさか二体目がいる？

サラも、オーフィアも、アルマも、途方《とほう》に暮れて呆けてしまう。

「………」

アイシアも何も言うことができない。

この状況をどうやって打破すればいいのだろうか？　皆《みな》を逃がそうにも、どこに逃がせばいいのか？　夢ならば醒《さ》めてはくれまいか？　様々な考えが思《おも》い浮かび、無限のような一瞬《いっしゅん》が流れていた。だが、その一瞬もやがて終わりを迎えて……。

二つの厄災は、動き出す。

神か悪魔が、人に罰《ばつ》でも与《あた》えるみたいに……。

【第三章】 ❖ 生きるか、死ぬか

時はアイシアがゴーレムに決死の一撃《いちげき》を加える少し前まで遡《さかのぼ》る。

ガルアーク王国城の遥か上空で。

レイスは口許に手を添《そ》え思案顔になりながら、眼下の激闘《げきとう》を観察していた。

（あの二人はいったいどこへ姿を消したのか……）

思考を巡《めぐ》らせているのは、最優先で始末したかったセリア＝クレールと、ほんのつい先ほどまではさして警戒もしていなかった綾瀬《あやせ》美春《みはる》のことだ。

美春はいきなり古代の賢神《けんじん》魔法を使用したかと思えば、短時間とはいえゴーレムを足止めするほどの戦い振《ぶ》りを見せ、集団転移魔法まで扱って屋敷《やしき》の住人達を避難《ひなん》させ、最後にはセリアと二人でどこかへ姿を消してしまった。

（あの黒髪《くろかみ》の少女。アヤセミハルといいましたかね。勇者のスペアとして異世界から召喚された存在だとばかり思っていましたが……）

完全に予想外の伏兵《ふくへい》だった。

（アヤセミハルという少女がどういう人物なのか、帝国《ていこく》に戻《もど》ったらそれとなく彼に訊《き》いてみましょうか。それよりいま気にするべきことは他にある）

レイスはつい先ほどプロキシア帝国の勇者として迎え入れた少年、千堂貴久《せんどうたかひさ》の存在を思い浮かべた後、すぐに思考を切り替《か》えた。

（賢神リーナ。あの女が消えた二人と何かしら関係を持っていることはもはや疑いようがない。だが、ならばなぜこの状況で自らが表に出てこない？　あの女なら手を焼くことはあっても、ゴーレムを自分で倒すこともできるはず……）

だというのに、賢神リーナはセリアと美春を矢面《やおもて》に立たせ、自らは後ろに引っ込《こ》んでいる。少なくともレイスにはそのように映る。その理由は何なのか？

（何かしらの理由で力を自由に行使できない状態に置かれていて、自らは自由に動き回れないと考えるのが自然ですが……）

可能性はいくつか思い浮かんだが、レイスはその中でも何か核心《かくしん》に迫るように目を細める。ただ――、

（……答えを導き出すにはまだ情報が不足しすぎていますね。というより、リーナどころかアヤセミハルとセリア＝クレールの二人すらもどこかへ引っ込んでしまった。その理由を考えた方がいい）

リーナが表に出てこない理由にばかり気を取られるわけにもいかない。レイスは溜息《ためいき》をついて、消えた二人がどこへ何をしにいったのかについて考えを巡らせた。すなわち、ゴーレム相手では勝ち目がないと未来を予知してセリアと美春だけでも逃がしたのか、起死回生の一手を投じるために二人を引っ込めたのか。

そこまで考えた後、レイスはガルアーク王国城の屋上庭園へと視線を向けた。そこには美春の転移魔法により避難した屋敷の住人達の姿がある。レイスからすればこれ見よがしに、ゴーレムに襲《おそ》わせてくれといわんばかりに見えるが――、

（……罠《わな》、なんですかね）

リーナがわざと目につく屋上庭園に住人達を避難させたのではないかと、レイスはつい勘《かん》ぐってしまう。そして、それこそリーナの思うつぼであることも理解し「だからリーナの相手をするのは嫌なのだ」といわんばかりに、レイスは渋《しぶ》っ面《つら》を覗かせた。

リーナにとって、未来を見通す権能を所持していることは、たとえ敵が相手でも秘匿《ひとく》するべき情報ではない。むしろ真っ先に開示するべき情報だ。

何しろ、自分は未来を知っていますよと敵に伝えるからこそ、あらゆる状況を駆《か》け引きの手札にすることができる。この世界で唯一《ゆいいつ》、未来を見通す権能を所持しているのは、そういうずる賢《がしこ》い女神《めがみ》だ。

だから、美春がリーナの思惑《おもわく》で動いていると仮定して、美春が屋敷の住人をこれ見よがしにお城の屋上庭園へ避難させたのは罠かもしれないし、襲わせたくないからこそあえて襲わせたくなるような場所に避難させたようにも解釈《かいしゃく》できてしまう。

（相変わらず、鬱陶《うっとう》しい……）

おかげでつい状況を静観させられてしまった。もしかしなくとも、こうやって時間稼《かせ》ぎをすることもリーナの思惑なのかもしれないが——、

（……まあいい。罠なら罠で、この状況でどういう手札を切ってくるのか、見せてもらうとしましょうか）

レイスは腹をくくる。そして——、

「《召喚《サモン》・ゴーレムコア》」

右手をかざし、何やら呪文《じゅもん》を唱えた。すると、レイスがいくつか嵌《は》めているリングの一つが妖《あや》しく光り、かと思えば直径数十センチの透明《とうめい》な球体が出現して浮遊《ふゆう》した。

レイスは球体に右手を振れ、魔力を流《なが》し込み始める。と、ややあって、複雑な形をした術式の光が球体を取り囲むように展開され始めた。

ちょうどこの時、レイスの遥か眼下では、アイシアがゴーレムに決死の一撃を加えているところだった。アイシアが放った強烈《きょうれつ》な斬撃により、ゴーレムの胴体《どうたい》がごっそりと削《けず》り

取られて消滅している場面が見える。

（……ゴーレムに縛《しば》りをかけて起動したとはいえ、よく粘《ねば》る。ですが……）

レイスは眼下の光景を見下ろしながら、感心して瞠目《どうもく》する余裕さえ見せている。この程度ではゴーレムを倒《たお》すことはできないと、知っているからだ。

復活したゴーレムを続けて相手にする余力は、流石《さすが》のアイシアでも残ってはいないだろう。このまま事態が推移すれば、決着が付くのも時間の問題だが――、

（駄目押《だめお》しです）

レイスは魔力を流し込んでいた球体から手を放す。すると、球体を包み込むように展開していた術式の光が消えて、代わりに膨大《ぼうだい》な魔力が放出され始めた。命令の入力が終わって、二体目のゴーレムが起動したのだ。

直後、球体が消え去り、代わりにアイシア達が対峙《たいじ》しているのとまったく同じフォルムをした人型の決戦兵器が出現する。

溢れ出る魔力は隠《かく》せるものではないから、下にいる者達も二体目の出現に気づいていることだろう。ちょうど、一体目のゴーレムも復活しているところだった。

殺害することで今後の計画に狂《くる》いが生じたり、面倒《めんどう》になりそうな存在もいくらかいたりするが、もう余計な縛りをかけることもしていない。

相手が勇者だろうが、王族だろうが、邪魔《じゃま》をすれば手当《てあ》たり次第《しだい》に殺してしまえと、レイスは命令を入力していて――、

「さあ、頼《たの》みますよ。いま屋上庭園にいる者達を始末してください」

というレイスの呼びかけに応じるように、二体目のゴーレムはガルアーク王国城へと降下を開始するのだった。

◇　◇　◇

一方で、レイスが二体目のゴーレムが投入を決めた頃《ころ》。

ガルアーク王国城の遥か地下深くに存在するとある部屋の中央で。美春とセリアはマナクリスタルを使用し、依然《いぜん》としてリオの座標を検索し続けていた。

「……まずいわね。そろそろ二体目のゴーレムが投入される頃だわ」

美春は地上で何が起きるのかを理解しているかのように、ふと口を開く。

「え……？　に、二体目？　二体目がいるの⁉」

一体目でさえ押《お》さえきれるかどうか怪《あや》しそうに見えたのに、二体目が出現するというのか。セリアは一瞬だけ呆けた後、泡《あわ》を食って確認《かくにん》した。

「言ったでしょう。手遅れになる前に急ぐわよって」

美春はけろりと答える。

「……まだ、リオの召喚《しょうかん》には時間がかかるの？」

「ええ。あと少しだけ時間がかかる」

「なら、私か貴方《あなた》のどちらかでも戻った方がいいんじゃ……？」

セリアが恐《おそ》る恐る尋ねるが――、

「駄目《だめ》よ。並行《へいこう》して別の魔術《まじゅつ》の発動も進めているんだから。今どちらかが離れたら台無しになるわ」

美春はにべもなくかぶりを振《ふ》る。

その直後のことだった。

「っ……？」

実際に振動《しんどう》したわけではない。だが、部屋が揺れたと錯覚《さっかく》するような魔力の奔流《ほんりゅう》が、地上から地面を伝わって降り注いできたのがわかった。二体目のゴーレムが出現したのだろうと、地上の様子が見えなくとも予想がつく。

「…………」

セリアの顔に強い焦《あせ》りの色が滲《にじ》む。上にいる者達のことが心配なのだろう。

「言っておくけど、仮に私達が二人とも上に戻ったところで時間を稼ぐ以上のことはできないわよ。千年前ならともかく、今の私はスペックダウンした状態でこの肉体に憑依《ひょうい》しているだけだから、ゴーレムを倒すこともできないし」

美春がやはりけろりとした口調で状況をセリアに説明する。焦ったところで、状況は変わらないと理解しきっているからだろう。

「……手遅れになる前にって、ミハル、言ったわよね？」

「ええ、言ったわね」

「貴方の言う手遅れって、どういう状況を言っているの？」

セリアはなんとも焦《じ》れったそうに、確信に迫る問いを美春に投げかけた。

「それは教えられないわ。私が知る未来は、定まった答えとして誰《だれ》かに教えていいものではないの。明確な未来を伏《ふ》せた上での助言か、解釈の余地があるお告げ程度なら、まあできないこともないんだけど……」

と、含《ふく》みのある言い回しで答えているところからすると、例外となる場合でも多少なりとも何かしらのリスクか制約があるようにも聞こえた。

「……そう、なんだ……」

とは言われても、未来を知りたい。セリアの顔はそう物語っていた。だが――、

「未来なんて、人が知っておくべきものではないわ」

と、美春はセリアに忠告する。

「……どうして？」

「未来は可能性の連続よ。限りなく確定している未来もあるけれど、大抵《たいてい》の未来は些細《ささい》なことでも簡単に枝葉して変わりうる。なのに未来を知ってどうするの？」

「……変わりうるすべての未来を知って、最善の未来だけを掴み取りたいから？」

突然の抽象的《ちゅうしょうてき》な問いかけではあったが、セリアは首を捻《ひね》りながらも答えた。

「けど、それは誰かにとっての最善であって、誰かにとっての最悪かもしれない。未来を知っているからこそ、余計なことをして未来が悪い方向に変わるなんてこともある。自分が望む未来にたどり着くために、誰かの不幸を見て見ぬフリをしないといけないこともあるかもしれない。未来を知った者は簡単に未来に振り回されるわよ。そして、別の誰かも振り回す」

「…………………」

美春の言葉に目に見えぬ重みを感じたのか、セリアは思わず息を呑《の》む。

「そもそも、変わりうるすべての未来を知ろうなんて、神の領分なの。もしすべての未来を人の身で知ろうとしたら、情報量が多すぎて一瞬で脳が焼き切れる。知れるとしたらせいぜい、最も可能性の高い断片的《だんぺんてき》な未来の情報だけね」

美春はそこまで語ると、いったん言葉を切り――、

「それで、これは例えばの話だけど、仮に未来を知る力が宿ったとして、貴方は自分がリオと結ばれるのか、最も可能性の高い未来を知りたい？」

唐突《とうとつ》に、そんな質問をセリアにぶん投げた。

「っ⁉」

セリアは途端《とたん》に赤面する。

「ちょっと、魔力の制御《せいぎょ》が乱れかけたわよ。お喋《しゃべ》りには付き合ってあげるけど、集中しなさい」

「へ、変なことを訊くから……」

美春にからかうように笑われ、セリアは頬《ほお》を赤くしたまま顔を背《そむ》けた。

「それで、質問への答えは？　貴方がリオと結ばれるのか、最も可能性の高い未来を知りたい？」

「…………」

セリアの頬は冷めたように白くなる。

それで、即答《そくとう》できずに押し黙ってしまうと――、

「もし自分が選ばれないとしたらどうしようって、怖《こわ》くなったわよね」

美春が見透《みす》かしたように語った。

「っ……」

ズバリ言い当てられたのか、セリアが強く目を見開く。

「貴方はこう考えたはずよ。仮に自分が結ばれないとしたら、誰が彼《かれ》と結ばれる可能性が一番高いんだろうって。それで最も可能性が高い未来を知った貴方はどうする？　自分が彼と結ばれる未来を掴み取ろうとする？」

「……………」

セリアはやはり逡巡《しゅんじゅん》し、押し黙ってしまう。

「言ったでしょう？　未来は可能性の連続。最も可能性の高い未来だって、些細なことで変えることはできるわよ。貴方は未来を変えようと足掻《あが》く？」

美春はセリアの思考を先回りしているかのように、どんどん問いを投げかけていく。果たして――、

「……私、未来は知りたくないかもしれない」

と、セリアは顔を曇《くも》らせて答えた。

未来を知ることが、そして知った上で未来を変えようとすることが、考えれば考えるほ

ど怖くなってしまったのかもしれない。自分を嫌《きら》いになりそうにすらなる。未来なんて知らないまま、いま自分にできる最善を尽《つ》くす方がいい、と。

「それが人としてあるべき在り方よ。人は未来を知り得ない。それがこの世の理《ことわり》であり、絶対の法則なのだから。破ればとんでもない業を背負うことにもなりかねない。だから、人は未来なんて知らない方がいいの」

そう語る美春の面差しに、暗い翳《かげ》りが浮《う》かんだのは気のせいだろうか？　ただ、それも一瞬のことで——、

「……やっぱり貴方がそこにいるのね、エル」

美春は何の脈絡《みゃくらく》もなく、唐突にそんなことを呟いた。

「え？」

セリアがきょとんとするが——、

「何でもない。彼の正確な座標を特定できたわ。いくわよ」

美春がそう言うと、マナクリスタルから溢《あふ》れる光りの輝《かがや》きが増して、複雑な立体状の術式が出現する。セリアが反射的に目を瞑《つぶ》ると——、

「っ……⁉」

マナクリスタルから天井《てんじょう》へと、図太い光の柱が立ち上るのだった。

◇◇◇

そして時はわずかに遡り、場所もガルアーク王国城の屋上庭園へと移る。

アイシア達とゴーレムが繰《く》り広げる上空での死闘《しとう》は、庭園にいる沙月《さつき》達からも遠目で確認することができていた。アイシアが光の斬撃を放ち、背中からゴーレムの胴体を吹《ふ》き飛ばして消滅させる姿が見えると——、

「やった！　やったよ！」

ラティーファが歓喜の声を上げた。

「ええ、倒したみたい！」

リーゼロッテも嬉《うれ》しそうに頷《うなず》く。

屋上庭園にいる他の者達も皆、喜びざわめいていた。ただ——、

「止めろよ。それ、マジでフラグに聞こえるんだよなあ……」

弘明《ひろあき》だけはまだ不安の拭《ぬぐ》えない面持《おもも》ちで、「やった」とか「倒した」とか言っている者達を見回しながら冷や冷やと呟いていた。

「はは、それは漫画《まんが》とかアニメの話だろ、弘明兄ちゃん」

雅人《まさと》が人懐《ひとなつ》っこい笑みをたたえて弘明を茶化《ちゃか》す。上空ではサラ、オーフィア、アルマがバランスを崩《くず》したアイシアのもとへ飛び寄り喜んでいる姿も見えて、弘明もとりあえずはほっと胸をなで下ろしていた。

だが、その直後のことだ。アイシア達が浮遊している位置よりさらに高度の上空で、新たに強大な魔力《まりょく》の反応が出現した。

「っ⁉」

ゴウキ、カヨコ、アリアなどが真っ先に武器へ手を伸《の》ばした。他にも魔力を感じ取った者達は身体を強《こわ》ばらせながら頭上を見上げる。

「すごく嫌《いや》な予感がするんだけど……」

沙月が顔を引きつらせて言う。

「っ、見てください！　倒したはずアレが……！」

リーゼロッテが泡を食って、アイシア達の付近で復活している一体目のゴーレムを指さした。そして——、

「……もう一体、いるようですな」

二体目が出現した位置は空の上すぎて視認《しにん》も容易ではないが、ゴウキがその存在を看破する。

「ほらな、マジでフラグだったじゃねえか！」

弘明がすっかり取り乱して叫《さけ》び、逃げ場《ば》を探すように周囲を見回した。だが、いつどんな攻撃《こうげき》が降り注いできて、一帯を破壊《はかい》するかもわからない。

下手に城内へ避難するよりも、ゴーレムの動きを観察でき、かつ、いつでも自由に逃げられる場所でじっとしている方が無難だと考えているだろう。弘明は今すぐに逃げ出したそうな顔をしながらも、もどかしそうにその場に踏みとどまった。すると——、

「皆、一箇所に固まるのだ。魔道士《まどうし》隊は上空に向けて魔力障壁《まりょくしょうへき》を。騎士達《きしたち》は陣形《じんけい》を組んで周囲を警戒しろ」

国王フランソワが周囲にいる護衛されるべき要人達を呼び寄せ、一方で護衛として付き従っていた騎士や魔道士達《たち》に指揮を飛ばした。

「《魔力障壁魔法《マジックバリア》》」

攻撃が降り注いできても耐《た》えられるようにと、宮廷《きゅうてい》魔道士達《たち》が頭上に光の障壁《しょうへき》を幾重《いくえ》にも張り巡らせる。

直後、二体目のゴーレムが、屋上庭園に舞《ま》い降《お》りた。音を遥《はる》か後方に置き去りにするほどの速さで急降下してきたかと思えば、空気圧や慣性を無視し、鳥の羽根にでもなったかのようにふわりと屋上の床《ゆか》スレスレの位置で静止する。身長二メートルを超《こ》す巨大《きょだい》な図体《ずうたい》

からは想像もつかぬ静かな出現の仕方だった。

銀色に輝く機体は実に美しく、翼《つばさ》の羽根と相まって天使と見間違《みまちが》えるかのような神々《こうごう》しさも放っている。

誰もが呆気《あっけ》にとられ、思わず見惚《みと》れている中で――、

「っ……！」

ゴウキが真っ先にゴーレムに向かって駆け出す。その速度は凄まじく、脚《あし》に翼でも生えたようだった。

（軽い……）

実際に動いてみると、よくわかる。

調子が絶好調なんてものではない。普段《ふだん》とは比べものにならぬほど高度な身体強化を施《ほどこ》せていると、ゴウキは瞬時《しゅんじ》に理解した。その原因は――、

――汝求《スイ・ウィス》・平和之為《パケーム・パラ・ベラム》・英雄育成魔法・軍団《レギオン》。

美春がセリアと共にどこかへ消える直前に、置き土産《みやげ》として使用していった魔法の効果なのだろう。どうして美春がそんな魔法を使えたのかはともかく、今はその効果がとても心強かった。

その初速は身体能力で人間族に大きく勝る獣人族《じゅうじん》の戦士をも上回っている。しかしそれ

以上に、ゴーレムが速かった。ゴーレムは床スレスレの位置で浮いたまま、ホバリングして移動するようにぬるりとゴウキに迫《せま》る。

「っ⁉」

気がつけば、ゴウキの視界に眼前で拳《こぶし》を振るうゴーレムの姿が映っていた。狙いは正確無比に顔面を捉《とら》えている。刹那《せつな》、顔が吹き飛ぶ光景がゴウキの脳裏に浮かんだ。瞬《まばた》きを一度する余裕すらもないだろう。

それでも、ゴウキは構えていた刀を既《すで》に走らせていた。反射できたのは長年の戦闘《せんとう》経験の賜物《たまもの》と、美春が魔法でポテンシャルを底上げしてくれていたからだ。そのいずれかでも欠けていれば、今の一撃で絶命していただろう。

「ぐぬっ……」

ゴウキはゴーレムの腕《うで》に刀身の横腹を押しつけて滑《すべ》らせながら、その反動を利用して身体を横にズラした。

直後、ゴーレムの拳がゴウキの顔真横の位置を過ぎ去る。ゴーレムの拳は強い空気の振動を生み出して鼓膜《こまく》を揺らし、ゴウキは顔をしかめた。

しかし、ゴーレムから目を放す余裕などない。ゴウキはゴーレムと向き合い、その全身を視界に収める。

間近で対峙すると、その存在感と魔力に後ずさりしそうになった。だが、元より自ら仕《し》掛《か》けるつもりでゴーレムに近づいたのだ。

「ふんっ！」

ゴウキは臆《おく》さず刀を振るい直す。予備動作を極限までなくした上に、岩など容易《たやす》く両断するほどに研《と》ぎ澄《す》まされた超速《ちょうそく》の一撃だ。並の使い手では反応することすらできないはずだが……。

ゴーレムの鋭利《えいり》に尖《とが》った尻尾《しっぽ》が揺らめいた。かと思えば、尻尾の先端《せんたん》がゴウキの刀を的確に捉えて弾《はじ》き飛ばしていた。

ゴウキは返す刀でゴーレムに斬《き》りかかろうとする。しかし、ゴーレムの尻尾が鞭《むち》のように自在にしなり、それを阻《はば》んできた。本体はその場から微動《びどう》だにしておらず、お前の相手など尻尾だけで十分だと言わんばかりのたたずまいである。

というより、ゴウキも尻尾の間合いの内側に入っていくことができずにいた。間合いに一歩足を踏《ふ》み入れた瞬間《しゅんかん》、尻尾が迫ってくる。それをはじき返すので精一杯《せいいっぱい》だ。もし尻尾の間合いの内側に踏み込みすぎたら、身体が両断される未来が見える。そこからさらに踏み込んでゴーレムの両腕《りょううで》の間合いに入ったらと考えると――、

（これは、まずいのう……）

まったく勝てる気がしなかった。自分の全力を絞《しぼ》り出して刀を振るっているのに、ゴーレムの底を微塵《みじん》も推《お》し量《はか》ることができない。それどころか、衝撃《しょうげき》で手がしびれ、尻尾の速度に付いていけるかも怪しくなってきた。

ゴウキは額に冷《ひ》や汗《あせ》を流しながら――、

「皆様《みなさま》、こやつは某《それがし》が引きつけます！　今のうちに目の届かぬ場所へ退避《たいひ》を！」

と、背後に控《ひか》える者達に向けて叫んだ。

いつゴーレムの砲撃《ほうげき》が降り注いできて崩落《ほうらく》するかもわからない屋内に避難するのは危険だが、そのゴーレムがすぐ傍《そば》まで来てしまった以上は、この場に踏みとどまっているよりは安全だろう。

しかし、ゴーレムも悠長《ゆうちょう》に待つことはしない。瞬間、ゴーレムの背中から生える翼がバラバラに分離《ぶんり》した。翼を構成していた刃《やいば》の羽根達が、一斉《いっせい》に宙を舞い――、

「っ、障壁を全方位に張れ！」

フランソワが宮廷魔道士達にすかさず指示を出した。すると、魔道士達が全員で重ねて頭上に張り巡らせていた光の障壁のいくつかが移動し、密集していた沙月達を隙間《すきま》なく取り囲む。

ただ、障壁が移動して内と外を遮断《しゃだん》しきるよりも先に、ゴウキの妻カヨコと、リーゼロ

ッテの侍女長《じじょ》であるアリアが外に出た。

「夫と協力して可能な限り浮遊している刃を引きつけます！」

「皆様はその間に安全そうな場所まで後退を！」

などと、カヨコとアリアが後方に指示を出した後、息を合わせたように左右に分かれて駆けだした。直後、刃の羽根の大部分がカヨコとアリアに引き寄せられる。

「っ……！」

無数の刃が、高速で迫ってくるのだ。流石のカヨコとアリアでも、真っ向から受けきることはできない。足を止めず、羽根を引きつけるだけ引きつけて逃《のが》れることだけに神経を尖らせた。

ゴウキ、カヨコ、アリアが命がけで稼いでくれている時間だ。問題はゴーレムの目につかず、かつゴーレムの攻撃を食《く》らって建物が崩落しても安全な場所が王城内にあるかどうかだが……。

「……皆、下がるぞ。地下に王族専用の避難通路がある」

そこへ避難すると、国王フランソワが告げた。王族専用の避難通路といえば、城を捨てて逃《に》げるほどの緊急事態《きんきゅう》でも起きない限りは、部外者に秘匿しておかなければならない場所である。だが、今がまさしくその緊急事態であると判断したのだろう。

「むうっ！」

ゴウキは少しでもゴーレム本体を釘付《くぎづ》けにしようと、腕が振り千切れんばかりに刀を振るい続けていたが――、

「御前様《おまえ》、背中が留守になっていますよ！」

カヨコが叫んだ。刃の羽根の一部が、背後からゴウキの背中に迫っていることに気付いたからだ。

「くっ！」

ゴウキはやむを得ず横に跳躍《ちょうやく》した。刃の羽根はそのまま本体であるゴーレムに直撃《ちょくげき》することはなく、直角に曲がってゴウキを追尾《ついび》する。結果、ゴウキが引き剥《は》がされて、ゴーレム本体が野放しになる。

（まずいっ！）

ゴウキはすかさずゴーレムに再接近できないか試みようとしたが、追尾してくる羽根がそれを許してくれなかった。直後、既に後退を開始していたフランソワやクリスティーナ達のもとへ、ゴーレムが一瞬で肉薄《にくはく》する。そして腕を振るい、ガラスでも砕《くだ》くみたいに障壁を粉々に破壊した。

「っ……！」

魔道士達は周囲を囲むように展開させていた残りの魔力障壁を、慌《あわ》ててゴーレムに向けて展開させる。瞬間、ゴーレムの怪腕《かいわん》が揺らめいた。ゴーレムの拳が炸裂《さくれつ》し、移動した障壁がことごとく割られていく。

そうして、ほんの二、三秒足らずですべての障壁がなくなり、中にいたフランソワ達が丸裸《まるはだか》にされると――、

「陛下をお守りしろ！」

障壁の内側にいた騎士の一人が叫んだ。騎士達全員で肉の盾《たて》になろうと、身体を張って前に出ようとする。だが、その時のことだ。

「退いてください！」

沙月が声を張り上げた。実体化させていた神装の槍《やり》を突《つ》き出しながら、ゴーレムめがけて全力で突進《とっしん》していて――、

「はあああっ！」

凝縮《ぎょうしゅく》された嵐《あらし》のような風を、穂先《ほさき》から前方へと指向性を持たせて放出した。眼前にそびえるゴーレムを押し返そうと、凄《すさ》まじい狂風《きょうふう》が吹き荒《あ》れる。

ゴーレムの全身が暴風に呑みこまれ、視界が遮《さえぎ》られる最中――、

「《氷槍魔法《アイスランス》》」「《雷球魔法《サンダーボール》》」

リーゼロッテとクリスティーナが咄嗟《とっさ》の判断で同時に呪文を唱えた。図太い氷の槍と強烈な電撃《でんげき》が狂風に紛《まぎ》れ、ゴーレムに襲いかかる。それを見て――、

「《氷槍魔法《アイスランス》》」「《雷球魔法《サンダーボール》》」

リリアーナとシャルロットもすかさず呪文を唱え、援護《えんご》射撃《しゃげき》を追加した。他にも魔道士達が続々と呪文を唱え、狂風に呑まれたゴーレムに攻撃魔《こうげきま》法《ほう》を叩《たた》き込んでいく。

「さあ急いで！　今のうちに……！」

下がって――と、沙月が背後にいる者達《たち》に呼びかけようとする。

その瞬間だ。どすっと、胸に何かが当たる感触《かんしょく》を覚えた。それに、身体が宙に浮いているような気がして――、

「…………？」

沙月はおもむろに視線を下げる。ゴーレムの尻尾が狂風の中から伸びてきて、自分の胸を貫《つらぬ》いているのが見えた。胸に風穴が開くくらいにぐっさりと刺《さ》さっていて、軽々と身体を持ち上げている。

神装の槍を握《にぎ》る沙月の手から力が抜《ぬ》ける。穂先から吹き荒れていた狂風が消滅《しょうめつ》し、槍を手放してしまった。落下した槍はからんと乾《かわ》いた音を鳴らすと、精霊《せいれい》が霊体《れいたい》化するように光の粒子《りゅうし》となって消えていき――、

「さ、沙月お姉ちゃん！」「沙月姉ちゃん！」「沙月さん」

などと、ラティーファや雅人や亜紀《あき》が悲鳴を上げるように叫ぶ。

「うぁ……」

ああ、これは死んだな——と、沙月の脳裏《のうり》に死がよぎった。

これじゃみんなを心配させてしまうとか、大丈夫《だいじょうぶ》だと伝えなくちゃとか、色んな事が走馬灯のように頭に浮かんで——、

「みん、な、逃げ、て……」

沙月は青ざめた顔で、ラティーファ達に笑《え》みを向けた。

だが、ゴーレムはそんな感傷に意味はないと言わんばかりに尻尾を振り払《はら》って、沙月の身体を雑に投げ捨てる。身体がどさっと落下する音が鳴り——、

「…………」

沙月は庭園の床を転がって、ぐったりと動かなくなってしまった。風穴の開いた胸から大量の血が流れて、血溜《ちだ》まりを作っている。

「っ……！」

雅人が怒《いか》りで目を血走らせて、神装の剣《けん》を握った。ラティーファも武器は持っていなかったが、それでも徒手空拳《としゅくうけん》で身構える。

「お、おい、お前ら！」

よせと言わんばかりに、弘明が二人の背中に声をかける。ゴーレムの戦闘力《せんとうりょく》は嫌というほどに理解させられている。どう考えても勝ち目があるとは思えない。戦いを挑《いど》んだところで無駄死《むだじ》にするだけだと考えているのだろう。

もちろん、そんなことは雅人もラティーファも理解している。その横顔には怯《おび》えの色が滲んでいる。だが、それでもゴーレムを許すことはできないと、闘志《とうし》を燃やした瞳《ひとみ》が強く物語っていた。

しかし、この世には気持ちだけではどうにもできないことがある。それを体現する存在が、ゴーレムという相手だった。

「みんな……！」

お城の上空ではアイシア、サラ、オーフィア、アルマが復活した一体目のゴーレムの対処に追われていている。アイシアは先ほどの戦いですっかり消耗《しょうもう》してしまっており、攻撃を避《さ》けるだけで精一杯の苦境に追い込まれていた。庭園にいる者達を助けようにも助けることができず、普段は無感情なその顔に焦燥《しょうそう》が色濃《いろこ》く浮かんでいる。

絶体絶命の窮地《きゅうち》とはこのことか。ラティーファ達の前に立つゴーレムは先ほど沙月達から受けた攻撃で傷一つ付いておらず、光の翼を背中から広げた。屋上に存在するすべてを吹き飛ばすだけの光槍を射出するべく、翼の光が強まっていく。

もう、どこにも逃げ場はない。屋上庭園の一角で太い光の柱が立ち上ったのは、その直後のことだった。

【第四章】 ❖ 反撃の狼煙

ガルアーク王国城の屋上庭園で。天を穿《うが》つほどの巨大な光の柱が舞い昇《のぼ》っていた。それはあまりにも幻想的《げんそうてき》な光景で、皆《みな》、絶体絶命の窮地に置かれていたことさえも忘れて視線を奪《うば》われる。

ただ、妙《みょう》に既視感《きしかん》のある光景でもあった。

なぜならば——、

「勇者召喚……？」

と、クリスティーナが呆《ほう》け顔で呟《つぶや》く。そう、その光の柱はまさしく勇者召喚の時に立ち上ったそれと酷似《こくじ》していた。

ゴーレムが身体の向きを変えて、光の柱を警戒《けいかい》している。光翼からいつでも光槍を射出できるようにと、柱に向けて照準を合わせていた。

柱の中に、二人の人影《ひとかげ》が映る。やがて光の柱が収まると、十代後半の少年と、まだ小さな幼女が立っていた。

すなわち――、

「………誰？」

アルマダ聖王国の聖都トネリコにいたはずの、リオとソラだ。しかし、屋上庭園にいる者達はリオとソラのことがわからない。ぱちぱちと目を瞬き、呆気にとられている。一方で――、

「ここは……？」

訳がわからないのは、リオとソラも一緒《いっしょ》だった。だって、既に触《ふ》れた通り、リオとソラは直前までアルマダ聖王国の聖都トネリコにいたのだ。

聖都にある迷宮《めいきゅう》の入り口前で、聖都の神殿《しんでん》に仕える神官のエルという女の子と遭遇《そうぐう》したところだった。

なのに――、

（ガルアーク王国城？　どうして……？）

気がつけばアルマダ聖王国から遠く離《はな》れたガルアーク王国城に戻《もど》っていることに気づいて、リオが瞠目する。そして――、

「っ……!?」

周囲の惨状《さんじょう》に気づき、リオの顔つきが変わった。胸に風穴を開け、大量の血溜まりを作

り床に転がる沙月《さつき》の姿を視認すると、その眼差《まなざ》しは一気に冷えて殺気立った。

雅人《まさと》が剣を握り、ラティーファが拳を構えて対峙している姿を見て、この原因を作りだしたのがゴーレムなのだとリオは理解する。上空ではアイシア達が別のゴーレムに押されている姿も確認した。

「な、なんでこんな場所にコイツが……。りゅ、リオ様、っ……！」

ソラはゴーレムを見て強く驚《おどろ》いた後、リオに何かを報告しようとする。しかし、普段は温厚《おんこう》なリオが静かに激怒《げきど》していることに気づいて息を呑んだ。

ゴーレムは急に現れたリオとソラがただ者ではないと察して警戒しているのか、じっと様子を窺《うかが》っている。ゴウキ、カヨコ、アリアを襲《おそ》わせていた刃の羽根もいったん自分の周囲に呼び戻して、リオと睨《にら》み合った。

その隙《すき》にゴウキ、カヨコ、アリアはいったんラティーファやリーゼロッテのもとへ戻って、守りを固める。

「ソラちゃん、アレがみんなを襲わないように、警戒してもらっていい？」

リオは懐《ふところ》に忍《しの》ばせておいた仮面を取り出し装着しながら、ソラに指示を出した。

「はい、お任せください！」

ソラが力強く返事をする。直後――、

「っ……！」

リオが立っていた場所から姿を消した。転移でもしたように見えて、皆、強く目を見開く。だが、ゴーレムはリオが超高速《ちょうこうそく》で移動したことを看破していて、すぐにそちらへ身体の向きを変えた。そこには――、

「《解放魔術《ディスチャージ》》」

リオが倒《たお》れた沙月のすぐ傍まで移動し、時空の蔵《くら》から布を取り出していた。胸元《むなもと》に開いた穴を隠《かく》すように布を被《かぶ》せてから、優《やさ》しく沙月を抱《だ》きかかえる。と――、

（春人《はると》、みんなを……。沙月を守れなくて、ごめんなさい）

アイシアの念話がリオに届く。とても申し訳なさそうで、己《おのれ》の不甲斐《ふがい》なさを責めているのが痛いほどに伝わってきた。

（違《ちが》う。アイシアのせいじゃない）

リオが即答する。と同時に、ゴーレムが呼び戻していた刃の羽根が、リオめがけて一斉に飛んできた。

直後、リオの周囲に数多《あまた》の光球が一斉に出現する。かと思えば、それらが一斉にゴーレムに対して射出され、迫ってきた刃の羽根を一つ残らず弾き返した。もちろん、刃の羽根はその程度では傷一つ付くことはないが……。

ない。

「な……」

クリスティーナやリーゼロッテ達は皆、言葉を失う。だが、驚くのはこの程度では済まない。

「っ……⁉」

またしても、リオが沙月を抱きかかえたまま姿を消した。かと思えば、皆のすぐ傍に忽《こつ》然《ぜん》と立っていて、一同を絶句させる。

「沙月さんは生きています」

と、リオは皆に呼びかける。

「え……？」

皆、そんなはずはないという反応を見せる。

当然だ。今は傷口が布で隠されているが、ゴーレムの尻尾が沙月の胸に風穴を開けたところは誰もが目撃《もくげき》していた。心臓や肺が欠損しているはずで、即死《そくし》しておかしくないダメージを負ったのだ。生きているとは到底《とうてい》思えない。

「じきに意識が回復すると思いますが、今はこのまま安静にさせてください。アレの相手はこちらで引き受けますから。もう、指一本触れさせやしません」

と、リオは静かに宣言した。

すると……。

やれるものならやってみろと言わんばかりに、ゴーレムが光の翼を広げる。光翼の輝きが増すと、リオ達に対して数多の光槍を一斉に射出した。

「っ、リオ様！」「うん！」

ソラが叫びながら、ゴーレムに対して手をかざす。リオも同じように、ゴーレムに対して手をかざした。

直後、無数の光槍がリオ達に迫り……。続々と着弾《ちゃくだん》して強烈《きょうれつ》な爆発《ばくはつ》を引き起こし、轟音《ごうおん》を響《ひび》かせた。

「きゃっ⁉」

強い光が炸裂し、多くの者が反射的に目を塞《ふさ》ぐ。生身の人間など、庭園の一角ごと跡形《あとかた》もなく吹き飛ぶほどの威力《いりょく》だった。ただ——、

「……え？」

皆、何の痛みもないことに気づいて、恐《おそ》る恐る目を開ける。リオとソラが自分達の前に並んで立っていて、協力して光の障壁を張っていた。どうやらそれで光槍をすべて防いだらしい。しかも、爆風《ばくふう》が上に逸《そ》れていくよう障壁の角度を調節してあり、床への被害《ひがい》も最小限である。すると——、

「っ⁉」

ゴーレムが真正面からリオ達に肉薄し、障壁を殴《なぐ》った。衝撃波《しょうげきは》が迸《ほとばし》り、軽い地震《じしん》でも起きたみたいに床が揺《ゆ》れる。

だが、よほどの魔力が注《そそ》ぎ込《こ》まれているのか、リオとソラが協力して張った障壁はゴーレムが殴ってもヒビ一つ入らなかった。

「すごい……」

同じ精霊術士として、これほどの障壁を作るのがどれだけ難しいかよくわかっているのだろう。コモモやサヨがごくりと息を呑む。

「ソラちゃん、こいつは俺《おれ》が相手をする。かなり厄介《やっかい》な相手みたいだ。アイシアのことを助けてもらってもいい？」

リオがゴーレムを睨みながら、隣《となり》に立つソラに語りかけた。

「……心得ました。ですが、こいつらはかつて賢神《けんじん》共が作ったゴーレムです。どうかお気をつけください」

素直《すなお》に頷くソラだが、不安そうに説明する。

「こいつが……」

かつては七賢神《しちけんじん》の眷属《けんぞく》として存在していた個体もあったと、初めてソラと会った時に教

えてもらっていた相手だ。それが今まさに目の前にいる。リオは息を呑《の》んでから——、

「ごめんね。かなり危険な戦いになりそうだけど……」

と、ソラの身を案じた。

「な、何を仰《おっしゃ》いますか！　我々が負けるような相手ではないのですよ。アイシアのこともちょちょっと助けてご覧に入れますから、このソラにお任せください！」

ソラは小さな胸を誇《ほこ》らしげに張って、ぺこりと一礼すると——、

「では！」

と、言い残して、上空へと飛翔《ひしょう》を開始した。すると、逃がすまいと、ゴーレムが刃の羽根を操《あやつ》ってソラを追いかけさせる。

だが、リオも数多の光球を展開させ、刃の羽根の移動ルート上に放っていた。

結果、ゴーレムの羽根はことごとく光球に弾かれ、ソラはそのままアイシア達のもとへ向かってしまう。ゴーレムはソラを一瞥《いちべつ》するように顔を上に向けていたが——、

「おい」

リオがいつの間にか、ゴーレムの眼前に迫っていた。そして風の精霊術を纏《まと》わせた右の拳を、ゴーレムの腹部に思い切り打ち込む。瞬間、凝縮されていた風が爆発し、ゴーレムの身体が一メートルほど後退する。同時に——、

「よそ見するなよ」

底冷えするような声だった。ゴーレムの敵意を自分だけに釘付けにさせようと、リオもさらに前進していて、今度は左手で掌底《しょうてい》を打ち込む。

リオが右手に纏わせていた風の精霊術を爆発させる。だが、今度はわずかにしかゴーレムの身体は後ろに押《お》し込まれなかった。インパクトの瞬間に自ら後退することで、リオの攻撃の威力を綺麗《きれい》に殺しきったからだ。

生身の人間なら、肉片《にくへん》をまき散らしながら遥か彼方《かなた》に吹き飛ばされるほどの威力を込めたはずなのに、その程度しか動かすことができなかった。この瞬間、リオはゴーレムが並《なみ》大抵《たいてい》の相手ではないと、身をもって推し量った。

一方で、ゴーレムも正しくリオの戦闘力を評価して、他の者達よりも脅威度《きょうい》がずば抜けて高いと判断したのだろう。もはや上に行ったソラのことも気に留《と》めておらず、怪《あや》しく光る眼部の眼差しはリオ一人に明確に定められていた。

すると、ゴーレムの尻尾が陽炎《かげろう》のように揺れて、沙月と同じようにリオの心臓を貫こうとする。だが、リオは風の精霊術を纏わせていた右手を振《ふ》るって的確に尻尾の先端を殴りつけ、その軌道《きどう》を明後日の方向に逸らしてしまう。

（この尻尾で、沙月さんの心臓を……）

どうして沙月の胸に風穴が開いていたのか。その理由を正しく理解し、苦々しく顔をしかめる。

「お前の相手は俺だ」

絶対に許さない。後ろにいる人達のことはもう絶対に襲わせないと、リオはゴーレムの前に立ちはだかるのだった。

◇◇◇

ガルアーク王国城の上空で。リオとソラが召喚《しょうかん》されたことで、アイシア達を襲っていた一体目のゴーレムもいったんは攻撃を中断していた。

しかし、屋上庭園にいるゴーレムがリオ達に攻撃を開始したことを受け、アイシア達への攻撃を再開する。ゴーレムが操る刃の羽根が、宙を舞いだす。瞬間――、

「っ……！」

アイシアは風の精霊術で自らの肉体を押し出して超加速《ちょうかそく》を行い、ゴーレム本体へと自ら迫った。サラ、オーフィア、アルマではゴーレムの速力に対応しきれない。だから、自分がゴーレム本体を釘付けにしなければと瞬時に判断したのだ。

幸いリオが召喚されて近くに現れたことで、パスを通じた契約者《けいやくしゃ》からの魔力供給が再開された。供給は契約者と触れあっている状態で行う方が効率は良いし、今までの戦闘で消費した魔力が一瞬《いっしゅん》で回復するわけではないが――、

（これでまだ戦える）

魔力の配分に余裕《よゆう》が生まれる。飛翔の精霊術以外に割《さ》ける魔力の余裕がなく、ゴーレムに貫かれて負傷していた腹部の傷や脚の痛みは放置していたが、おかげで治療《ちりょう》できた。

実体化を維持《いじ》するのに支障がないとはいえ、受肉した身体に傷を負えば精霊でも痛みは感じるし、身体機能が低下することもある。腹部を貫かれた傷を放置したまま戦う痛みはかなりきつかったが、治癒《ちゆ》したことでアイシアの動きにもキレが戻っていた。

とはいえ、それで戦いが楽になるほど、ゴーレムは生半可な相手ではない。さっきだってサラ、オーフィア、アルマに注意を分散してもらうことで、ようやく有効な一撃《いちげき》を加えることができたのだ。

自らゴーレムに接近したアイシアだが、回避《かいひ》に専念して防戦一方の戦いを強《し》いられるのは変わらない。ただ、今はリオとソラがいる。その心強さから、アイシアの顔から焦《あせ》りの色が抜けていた。すると――、

「はああっ！」

リオの傍を離れたソラが、このタイミングでアイシア達の救援《きゅうえん》に駆《か》けつける。音速を遥かに超えた速度で眼下から飛んできて、部分的に実体化させた竜体《りゅうたい》の右拳でゴーレムの胴《どう》体《たい》を思い切り殴りつける。

瞬間、多少の攻撃ではビクともしなかったゴーレムの身体が、軽々と十数メートルも吹《ふ》き飛んでいく。ゴーレムはやがて勢いを殺しきって静止する。だが、相当な威力が込められていたのか、殴られた部位は目に見えてへこんでいた。

「なっ……」

サラ達が仰天《ぎょうてん》して目を丸くしていると――、

「おい、アイシア。そんなボロボロの仮面を着けて戦われても邪魔《じゃま》になるだけです。お前は竜王《りゅうおう》様のところに行くですよ。こいつはソラがやるです」

ソラがゴーレムと対峙《たいじ》する位置で静止し、背後にいるアイシアに呼びかけた。

「……これの相手はすごく危険」

ソラを一人で戦わせるのが心配なのか、アイシアが眼下で戦うリオのことも気にしながらも躊躇《ためら》いがちに言う。

「あん？　誰《だれ》の心配をしているです？」

「…………」

ソラのことだと、アイシアは無言の眼差しで伝える。ソラは背中越《ご》しに振り返って、そのことに気づいたのか――、

「こいつが厄介な相手なのは、ソラの方がよく知っているです。というより、だったらなおさらさっさと下に行けですよ。あっちの方が足手まといの数が多いんですから、リオ様をお一人で戦わせるつもりです？」

やれやれと両肩《りょうかた》をすくめてから、アイシアを追い払うようにしっしっと手を振った。

「……わかった。助けてくれてありがとう、ソラ」

アイシアがソラの背中に礼を言うと――、

「は、はあ⁉　べ、別にお前のためにここに来たわけじゃ……！」

ソラが顔を赤くして自らの行動を釈明《しゃくめい》しようとする。だが、振り返った先にアイシアの姿はもうない。リオのもとへ向かおうと、既に移動を開始していて――、

「三人とも、下に戻ろう。ここはソラに任せればいい」

と、アイシアはサラ達に呼びかけて、屋上庭園へと向かう。

「え？　あの、ですが……」

サラ、オーフィア、アルマの視線がいまだ顔を赤くしているソラへと向かう。こんな小さな子供を残していくのかと言わんばかりだった。確かにゴーレムを殴った膂力《りょりょく》は凄まじ

かったが、ソラは頼《たよ》りない幼女にしか見えないから、まあ常識的な反応である。

「……ふん。相変わらず、調子の狂《くる》う奴《やつ》ですね」

誰かに礼を言われるのも、頼りにされるのも、ソラには新鮮《しんせん》なことだ。だからか、ソラはこそばゆそうにそっぽを向いた。

「…………………」

サラ達はどうしたらいいものかといまだに戸《と》惑《まど》いながら、前方に浮《ふ》遊《ゆう》する小さなソラの背中を眺《なが》めている。すると――、

「おい、後ろにいる三人」

ソラが背後を一瞥もせず、声を張り上げた。そして――、

「え？」

「お前らも邪魔です。さっさと下に戻るですよ」

と、指示を出す。

「ですが……」

サラ達はやはり躊躇ってしまう。その時のことだ。ソラの打撃《だげき》でへこんだゴーレムの装《そう》甲《こう》が一瞬で修復し――、

「っ……！」

ゴーレムがソラに迫った。サラ達がそのことに気づいたのは、ゴーレムがソラとの間合いを埋《う》めて、拳を振るい終えた後のことだった。

だが、ゴーレムの怪腕が放った拳を、ソラが部分的に実体化させた竜の拳で真正面から受け止めている。ゴーレムは沈黙《ちんもく》を保ったまま拳を押し込もうとするが、ソラも同等の力でゴーレムの拳を押さえ込んでいた。

「………」

サラ達が絶句し、水を打ったように息を呑んでいると――、

「わかったですか？　今のこいつの動きに反応できていなかったのなら、お前らは足手まといになるだけです。いいからさっさと逃げるですよ」

ソラは改めてサラ達に撤退《てったい》を促《うなが》した。

「……わかりました。戻りましょう」

サラは悔《くや》しそうに下唇《したくちびる》を噛《か》むが、それで現実を直視できなくなるほどに未熟ではなかった。自分達とソラとの力量の差を悟《さと》り、オーフィアとアルマに撤退を呼びかける。オーフィアとアルマも苦い面持《おもも》ちで頷《うなず》くと、三人で素直に降下を開始した。

「ふん、これで思い切り戦えるですよ」

ソラは鼻を鳴らし、じろりと対面のゴーレムを睨む。すると、ゴーレムは刃の羽根を操

り、降下を開始したサラ達を攻撃《こうげき》しようとした。

だが、ソラはゴーレムの拳《こぶし》を手放し、その場から姿を消す。その背中にはいつの間にか実体化させた竜の翼《つばさ》も展開しており、ゴーレムが操る刃の羽根よりも遥《はる》かに速く飛び回って、サラ達にたどり着く前に続々と刃の羽根を叩き飛ばしていった。そして――、

「このソラを相手に、よそ見をする暇《ひま》があると思うなよです！」

ソラは再びゴーレムへと迫《せま》ろうと、翼を羽ばたかせる。しかしその瞬間、ガルアーク王国城から、またしても巨大《きょだい》な光の柱が昇った。

「……あん？」

ソラは急停止して光の柱に視線を向けた。ゴーレムの目線も同じく柱に向く。ただ、先ほどリオとソラが召喚された光の柱とは様子が違った。

二人を召喚した光の柱は中を見通すことができない類のものだったが、いま立ち昇っている光の柱は透《す》き通るように透明《とうめい》である。それに、いま昇っている光の柱は一定の高度に到達《とうたつ》すると、光が拡散してドーム状に王都とその周辺一帯を包み込み始めた。

（結界？　こんな複雑で馬鹿げた規模のもの、人間に扱《あつか》いきれるわけが……。土地の霊脈《れいみゃく》でも使用しているですか？）

と、ソラは持ち前の知識と照らし合わせて、何が起きているのかをすぐに見抜《みぬ》いた。そ

して――、

（っ、まさか、リーナが……？　それとも、別の賢神でもいるですか？）

誰が発動させた結界なのかを考え、リーナを始めとする賢神達の存在がソラの脳裏に思《おも》い浮《う》かんだ。かつて賢神達が創り出した決戦兵器であるゴーレムまでもが出現しているこの状況《じょうきょう》も、賢神が関与《かんよ》しているのだというソラの推測を裏付けている。

「……いったい何が起きているですか？」

ソラは鬱陶《うっとう》しそうに顔をしかめてから、再びゴーレムに視線を戻すのだった。

◇　◇　◇

一方、ソラが戦っている場所よりも遥か上空で。

「やられましたね……」

レイスは結界の外に追いやられ、苦々しく顔をしかめていた。レイスにしては珍《めずら》しく感情が表に出ているが、軽く溜息《ためいき》をつくと指先に魔力《まりょく》の光弾《こうだん》を浮かべる。そして結界に向けて射出した。だが、光弾は結界の事象面に触れた瞬間《しゅんかん》に弾かれ霧散《むさん》してしまう。

（外部からの侵入《しんにゅう》や攻撃を防ぐ障壁《しょうへき》ですか。他にも効果はありそうですが……。あの女、

やはり自分の関与を隠すつもりはないようですね）

この規模の結界は即席《そくせき》で発動できるものではない。前もって周到《しゅうとう》に準備をしていたのだろう。いずれにせよ、この結界をどうにかしない限り、投入したゴーレム二体とレイスが分断されてしまったことは確かだ。

（三体目のゴーレムを投入すれば結界の破壊《はかい》は可能かもしれませんが……）

問題は結界を突破《とっぱ》して侵入した先だ。結界以外にもどういう罠《わな》が秘《ひ》められているかわからないし、結界内には召喚されたリオとソラがいる。流石《さすが》のゴーレムであっても、レイスがよく知る竜王が相手では勝ち目がない。できるのは時間稼《かせ》ぎだけだ。勝算もなくいたずらに戦力を逐次《ちくじ》投入するのは愚策《ぐさく》である。

ただ、リオはレイスが知る千年前の竜王ではない。リオがどれだけ竜王の力を使いこなせるのか――、

（彼《かれ》の参戦はイレギュラーが過ぎますが、ゴーレム二体なら、その力を測る試金石としては十分ですかね。当初とは大きく目的が変わってしまいますが……）

この機会に測っておくべきだろう。セリア達を抹殺《まっさつ》するにあたって確実を期すためゴーレムを投入し、リオとソラの不在の間も狙《ねら》ったのに、その二人が召喚されて計画が防がれようとしているのだ。情報収集くらいしておかなければ割に合わないだろう。

（あの女の動向も気になりますからね）

レイスはそう考え、結界内部の戦いを見守ることにした。

◇　◇　◇

ガルアーク王国城の地下深くで。

「……いま発動させた魔術《まじゅつ》はなんだったの？」

セリアが部屋の中央に浮かぶマナクリスタルを呆《ほう》け気味《ぎみ》に見上げながら、傍《そば》に立つ美春《みはる》に対して尋《たず》ねた。

「外界と内界を隔絶《かくぜつ》させる結界よ。これで新手の乱入はとりあえず防げるはず。彼とソラの召喚にも成功したし、最初の山は乗り越《こ》えられたわね」

そう言って、美春は上機嫌《じょうきげん》にほくそ笑む。普段《ふだん》の美春なら絶対に覗《のぞ》かせない表情だったので――、

「そっか……」

セリアは目を瞬《まばた》いて、美春の顔を見つめた。

「何？　山場を越《こ》えて少しは余裕ができたし、聞きたいことがあるのなら魔力の制御《せいぎょ》の片

手間に聞いてあげるわよ」

美春がセリアの視線に気づいて問いかける。

「いや、私が知っているミハルじゃないみたいだなあって……」

今の美春がどういう状態なのか、薄々《うすうす》と察しはついているのだろうが、状況が状況だから答え合わせはしていなかった。だが、最初の山は越えたと聞いて、セリアは探《さぐ》るような視線を美春に向けた。すると――、

「当然よ。私はあの娘《こ》じゃないもの。一緒にしないでほしいわ」

やれやれと、美春が嫌悪《けんお》感すら覗かせてぼやく。

「一緒にしないでほしいって……。じゃあ、私がいま話している貴方《あなた》は、七賢神のリーナ様ご本人……？　美春が喋《しゃべ》っているんじゃなくて……？」

セリアは会話から得られた情報から、的確に事実を推察する。

「綾瀬《あやせ》美春の意識なら完全に裏に引っ込んでいるわ。表で何が起きているのかは何もわかっていない。あの娘が賢神リーナの記憶《きおく》を取り戻して喋っているとでも思った？」

「あ、えっと……、は、はい。でも、あれ……？」

賢神といえばシュトラール地方では信仰《しんこう》の対象として扱われている存在だ。美春を相手にしているつもりで喋っていてはまずいと思ったのか、セリアは口調を改めた。ただ、何

か疑問に思ったことがあるのか、不思議そうに首を捻《ひね》る。

「綾瀬美春に転生したはずの賢神リーナが、綾瀬美春とは別に人格を持って存在していることが不思議？」

美春は、いや、リーナはセリアの疑問を先読みして言い当てた。

「……はい。この世界の住人が外の世界に移動すると、転生でも転移でも記憶を保つことはできないって聞いていたので……。リオは竜王の記憶を持っていないみたいですし、どうしてリーナ様だけ？　しかも別人格って……」

「私だけじゃないわ。アイシアだって記憶を取り戻しているでしょ？」

「あ……」

そういえばそうだ。アイシアはリーナから転写された記憶を聖女エリカとの戦いの最中に取り戻し、リオが超越者《ちょうえつしゃ》として覚醒《かくせい》するきっかけを作った。

「何事にも例外はあるということよ」

リーナは意味深長にほくそ笑む。そして――、

「まあ、私が記憶を保っている仕組みと、アイシアが記憶を保っている仕組みはまた別物なんだけどね。私は記憶だけでなく人格まで保っているわけだし。詳《くわ》しく話すと長くなるから、今は私のことだけ簡潔に説明するわ。貴方も最近覚えた英雄模造魔法《オルターエゴ》ってあるでし

ょ。あの魔法をいじってこの娘に憑依《ひょうい》しているのよ。かつての私と比べると大幅《おおはば》にスペックダウンした状態だし、もう超越者でもないから権能だって使うことはできないけど」

と、説明を付け加えた。

「二重人格ということになるんでしょうか？」

「まあ、そんなものね。主人格はあくまでも美春だから、私は英雄模造魔法を使わない限りは明確に表に出てこられないけど」

「美春がいきなり強力な魔法をいくつも使いだして驚きました」

だって、美春は精霊術士《せいれいじゅつし》だ。精霊術士は魔法を習得できない。というより、魔法を習得してしまうと、精霊術を習得できなくなる。なのに、いつの間にか魔法を習得していたのだから、驚かないわけがない。

「まあ、この娘のままだと宝の持ち腐《ぐさ》れなんだけどね」

「そう、なんですか？」

「まともに使いこなせない魔法ばかりだもの。使いこなせたとしても争い事には向かない性格をしているし、使えたとしても腹が立つくらいに頼りないでしょ？」

「そ、そんなことはないと思いますけど……。すごく良い子ですし」

「あるのよ、そんなこと。だからこうして私が出張らないといけないわけだし」

リーナはやれやれと溜息を漏《も》らす。

（仮にも自分が生まれ変わった存在なのに……）

ずいぶんと美春のことを卑下《ひげ》するなあと、セリアは美春の肉体に憑依しているリーナを意外そうに見つめた。すると、そんな胸中を見透《みす》かしているように――、

「言ったでしょ？　私はこの娘じゃないって。魂《たましい》は共有しているけど、人格は別。だから私はこの娘のことを別人としか思っていないの」

と、リーナは告げた。

「ですが、そうは仰っても、いまいちピンとこないといいますか……」

綾瀬美春として転生したのに、綾瀬美春だとは思っていないとは、なんだかややこしいなあ――と、セリアは思ってつい苦笑いを滲《にじ》ませる。

「そう？　愛《いと》しのリオだって同じでしょ？　彼は自分のことをリオだと思っていて、天川《あまかわ》春人だとは思っていない。ましてや竜王だとも思っていない。まあ、彼の場合は天川春人とリオの人格が綺麗に融合《ゆうごう》しているから、その影響《えいきょう》を色濃く受けてはいるけれど」

「確かに……」

天川春人はもう死んだ人間であって、今の自分はリオであると、他ならぬリオから聞いたことがある。セリアはすとんと腑《ふ》に落ちたような顔になった。そして――、

「って、なんですか？　愛しのって……」

雪みたいに真っ白なセリアの頬《ほお》が、熟《う》れた桃《もも》みたいに遅《おく》れて赤く染まった。そのまま可愛《かわい》らしく唇《くちびる》を尖《とが》らせる。

「彼のことだとすんなり納得《なっとく》する辺り、恋《こい》は盲目《もうもく》ね」

リーナは愉快《ゆかい》そうにセリアをからかう。

「…………」

セリアは何も言うことができない。すると――、

「それに、貴方だって同じはずよ」

リーナが話の舵《かじ》を戻した。

「え……？」

唐突《とうとつ》すぎて何の話か理解しかねたのか、セリアは首を傾《かし》げる。

「貴方は私の眷属だった娘が転生した存在だもの。そう言われてどう？　貴方は私の眷属だった娘と自分が同一人物だと思える？」

「思えま、せん、ね。記憶がありませんし……」

セリアが戸惑いながらもかぶりを振った。その眷属として積み上げてきた記憶が何も残っていないのだから、同一人物だと思えるはずがないのは当然だろう。

「そもそも転生魔術は別人に生まれ変わる技法なのよ。一つの肉体に主人として宿ることができる魂の数は一つだけ。だから、転生魔術はこれから生まれる誰か別人の魂に、転生したい者の魂を融合させる形でしか運用できない。これがどういうことかわかる？」

「……転生によって誕生する者は、転生する前の自分とはもともと別の存在である？　つまり、転生したい者の転生にかかわらず、もともと誕生する運命にある？」

与《あた》えられた情報を基に、セリアが首を傾げながら答えた。果たして——、

「正解。私の例で言うと、綾瀬美春は私が転生していなくても生まれていた、ということになるわね。だから、リーナである私が綾瀬美春を別人と感じるのは当然のこと。ましてや私は綾瀬美春と人格を切り離して存在しているわけだし」

リーナはセリアの回答に花丸を与え、その上で自らの持論を補強した。

「そこが不思議なんですけど。リーナ様のように記憶や人格を保てないのなら、転生する意味はあまりないような……」

「意味ならあるわよ。転生をして魂を融合させることで、転生先の存在は才能や能力が大きく向上するもの。権能や魔法の術式だって承継《しょうけい》させることができる。クレール伯爵家《はくしゃくけ》はもともと魔道《まどう》の名門だけど、その中でも貴方が魔道士として規格外のセンスを持っているのは、私の眷属だった娘と魂が融合しているからよ」

「……でも、魂が融合しても、記憶や人格が残らなかったら、転生する前の自分は綺麗に消滅《しょうめつ》するってことですよね？　せっかく転生するのに、自分が残らなくてもいいものなんですか？」

「それは人によるんじゃない？　実際、転生後に記憶を引き継《つ》ぐかどうかは、転生する者が術式をいじることで事前に選べるようにしてあるし。もちろん、同じこの世界か、地球からこの世界に生まれる者に転生する場合に限るけどね」

この世界に存在する者が、この世界の外で生まれる者を選んで転生する場合は記憶を引き継ぐことはできない、というのが大前提だからだ。だから、リオは天川春人の記憶は残っていても、竜王の記憶は失っている。

（じゃあ、同じ世界で転生したはずの私が、リーナ様の眷属だった時の記憶を失っているのは……）

他ならぬその眷属が、記憶を引き継がないと選択《せんたく》したからなのだろうか？　セリアはそんな疑問を抱いた。すると――、

「ちなみに、権能や魔法の術式をいつ承継させるかも、転生魔術を発動させる段階で任意に設定できるのよ？　まだ自我《じが》が芽生えていない赤《あか》ん坊《ぼう》の頃《ころ》から権能や魔法を使えるようなったら危険だしね」

と、リーナは情報を付け足した。

「じゃあ、私が最近になって新しい魔法を覚えたのは……」

リオが聖女エリカとの戦いの中で権能を取り戻《もど》したのだってそうだ。すべて、転生魔術によって組《く》み込まれていたことなのではないか？

「ええ、その時点で魔法を習得するよう、転生魔術で設定されていたのよ。ついでに超越者になった彼とアイシアに関する記憶を取り戻すための仕掛けも発動させた」

「やっぱり……」

欠けていたパズルのピースが見つかったみたいに、セリアは腑に落ちたような顔になった。そして――、

「っ、じゃあ、その記憶を取り戻すための仕掛けを使えば、他のみんなもリオやアイシアのことを思い出すんじゃ……！」

と、強い期待を滲ませてリーナの横顔を見た。

「それはできないわ」

「え……？」

どうして？

と、セリアは捨てられた子犬みたいに、途端《とたん》に表情を失った。だが――、

「というより、その必要もないわね。この状況に相応《ふさわ》しい、他の抜《ぬ》け道《みち》を使うから」

「他の、抜け道……？」

「神のルールをかいくぐる方法は他にもあるのよ」

「っ……！」

セリアの瞳《ひとみ》に、再び希望の光が宿った。

「そのための魔術をこれから発動させる。上にいるゴーレムを倒すためにもね」

「……リオとソラが加わっても難しい相手なんでしょうか？」

「厄介な相手であることに違いはないわね。いくら装甲を物理的に破壊したところで、魔力がゼロにならない限りは何度でも復活して戦い続けるのがゴーレムだもの。地上にいる個体は千年間、溜《た》めに溜めた魔力を内包しているでしょうし」

「せ、千年分の魔力？　そんなの、何回破壊すれば……」

内包する魔力が底をつくのだろうか？

セリアの顔はぞっと強張《こわば》った。

「現時点で一ヶ月分くらいは消費したんじゃないかしら？」

「たったそれだけ……？」

ゴーレムがどれだけ厄介な相手か、セリアは改めて実感する。

「まともに相手をするのは超越者でも嫌《いや》がるような存在よ。まあ、竜王が持つ消滅の権能なら手っ取り早く倒《たお》せるんだけどね。彼ならゴーレムが内包する魔力だけを消滅させる、なんて真似《まね》もできるし」

本当ずるい能力よね。味方にいて良かったわ。

と、リーナは愉快そうに微笑《ほほえ》んだ。一方で――、

「ですが、権能は……」

セリアの顔が不安そうに曇《くも》る。人の身で権能を行使すると、肉体にも魂にも負担が大きいと聞いているからだ。

それに、超越者は世界全体の利益のためだけに力を行使しなければならない存在だ。特定の誰かを贔屓《ひいき》して守るようなことをすれば、贔屓しようとした者達《たち》のことを忘れて守ろうという感情すらも失ってしまう。これも神が定めたルールの一つだ。

仮面を着用することでこのペナルティを肩代《かたが》わりすることはできるが、誰かのために権能を行使する際の反動にどこまで耐《た》えられるかは怪しい。場合によっては一瞬で仮面が全《ぜん》壊《かい》する恐れもあるという。

「言ったでしょ。この魔術が発動すれば、神のルールに関してはなんとかなる。権能を行使しても記憶を失うこともなくなるはずよ。権能の行使に伴《ともな》う肉体や魂への負担はまあ、

耐えてもらうしかないけれど……」

権能行使によって押し寄せるリオへの負担を懸念《けねん》しているのか、リーナの顔にもわずかな憂《うれ》いの色が浮かぶ。ただ、それを払拭《ふっしょく》するように息を吐《は》き出すと、すぐに気持ちを切り替《か》えて——、

「とにかく、この魔術が発動すればルール違反《いはん》のペナルティを気にせずに戦うことができるわ。仮面を外した状態で戦っても、彼が記憶を失うこともない」

と、前向きな声色《こわいろ》で語った。

「すごい……」

あれだけ困らされていた神のルールがなくなる。セリアは呆《ほう》け顔で息を呑んだ。

「というわけで、後は引き継ぐわ。ここはもう私一人で十分だから、貴方は地上に戻って彼に言づてをしてきて頂戴《ちょうだい》」

「リオに、ですか？」

「ええ。まずは私の合図を待って、ゴーレムが内包する魔力を権能で消滅させること。ただし、使う場所は結界の内側に留めなさい。それと、連続しての権能の行使は二回までに留めないと駄目《だめ》。できれば一度の使用で二体まとめて確実に仕留めてもらうのが理想だけど、無理でしょうね。あとは魔力を消滅させてゴーレムを起動停止に追い込んだら、核《かく》の

回収をお願い。いい？」

リーナは言づての内容をまとめてセリアに伝えた。

「え、あ、はい。合図っていうのは……？」

「次の魔術が発動する瞬間よ。わかりやすいから安心して？　それじゃ。《転送魔法《トランスポート》》」

リーナが呪文《じゅもん》を詠唱《えいしょう》すると、セリアだけが魔法陣《まほうじん》に包まれる。そしてそのまま空間が歪《ゆが》んでいき、セリアはすぐに姿を消してしまった。

こうして、その場にはリーナ一人だけが残される。

「頼《たの》むわよ……」

リーナは送り出したセリアに呼びかけるように、高い天井《てんじょう》を見上げていた。だが、しばらく間を置くと、唐突に――、

「父さん、これから私は貴方が定めた禁忌《きんき》をすべて無効化させますよ？」

この場にはいない別の誰かに話しかけるように、そんなことを言う。

「ルールを破ればどんな罰《ばつ》が下るか、私の権能でも予知はできなかった。ですが、父さんならこの未来も見通していたんですよね？　禁忌を破ったら、私にどんな罰をお下しになりますか？　それとも本当にこの世界を見限ったのなら、今さら私が何をしようと興味はない？」

と、リーナは続けて誰かに問いかけるように言葉を続けるが――、

「…………………」

しばしの静寂《せいじゃく》が流れる。

「……やはり何も答えてはくださらないのですね。なら、私は……」

禁忌を破ります――リーナは返事を期待するように天井を見上げ続けていたが、決意を固めるように表情を引き締《し》めたのだった。

◇　◇　◇

ガルアーク王国城の屋上庭園で。

リオは自ら間合いを埋めて、ゴーレムの注意を釘付《くぎづ》けにしていた。両拳と両脚《りょうきゃく》に風の精霊術を纏わせながら、猛攻《もうこう》を仕掛けようと試みている。

だが、ゴーレムも大人しくはしていない。眼前に迫るリオに対し、拳と脚《あし》を用いた近接戦闘《せんとう》で応じていた。ゴーレムは爪《つめ》がむき出しになった右の拳を突《つ》き出し、リオの身体を貫《つらぬ》こうとする。

それを、リオが横にずれていなす。躱《かわ》したついでに、打ち込《こ》んできた腕《うで》の一つでも吹き

飛ばしてやろうかと、ゴーレムの関節部めがけて鋭《するど》い打撃を打ち込むが——、

（重い……）

鈍《にぶ》い轟音《ごうおん》が響《ひび》くだけで、ビクともしない。すると、打撃を打ち込んだ直後の硬直《こうちょく》を見透かしたように、ゴーレムの脇《わき》から尻尾《しっぽ》が伸《の》びてきた。

尻尾が蛇《へび》のようにうねり、素早《すばや》く、リオを突き刺《さ》そうと迫ってくる。リオは打撃を打ち込んだ拳とは反対の手で、尻尾の先端《せんたん》を捉《とら》えて横腹を叩《たた》き飛ばした。

瞬間、予備動作は一切《いっさい》なしに、動作を絞《しぼ》りきったゴーレムの左拳が揺《ゆ》らめく。リオの顔面を捉えかけるが——、

「っ……」

リオは身体を捻り、スレスレの位置で拳を躱す。すると今度は、ゴーレムが操《あやつ》る刃《やいば》の羽根が四方八方からリオに迫ってきた。

しかし、リオは独楽《こま》のように身体を回転させ、全身から渦状《うずじょう》に暴風を解き放つ。羽根は軌道を逸《そ》らされ、リオの身体を切り裂《さ》くことはなかったが……。

ゴーレムの怒濤《どとう》の攻撃は続く。屋上庭園からゴーレムを引き剥《は》がそうとリオから迫ったのに、気がつけばリオが攻撃を躱す側に追い込まれていた。

息をつく暇さえない。アイシアが手こずり、こんな状況になってしまった理由がよくわ

かった。ゴーレムがどれほどの難敵か、リオは身をもって体感する。

厄介《やっかい》なのは姿こそ人型のくせに、両手両脚に加えて尻尾、そして背中の羽根と、人が持たないパーツも駆使《くし》して攻撃を仕掛けてくることだ。

人間相手では想定しなくてもいい動作や攻撃まで警戒《けいかい》しなければならないので、動きが予想しづらい。そのくせ、武術の達人を思わせるような人ならではの動きも見せてくるから、戦いにくいことこの上なかった。いや、そもそも人が一対一で戦って対処できるような相手ではないのだ。攻撃の手数が違《ちが》いすぎる。加えて――、

（なんて硬《かた》さだ……）

まともに攻撃を当てているのに、ゴーレムには傷一つつかない。リオの攻撃を平然と受け止めながら、攻撃を継続《けいぞく》している。

だが、それでもリオはその場に踏《ふ》みとどまり、ゴーレムの攻撃を凌《しの》いで時には反撃《はんげき》すら仕掛けた。後退するつもりは毛頭ないらしい。後ろには致命傷《ちめいしょう》を負って意識を失った沙月がいる。引き下がるわけにはいかなかった。

一方で、ラティーファ達はリオの後方に下がっていた。身分など関係ない。魔法と精霊術が使える者は協力して魔力の障壁を張り、安全地帯を確保している。その中で、フローラやシャルロットが意識を失った沙月の胸元《むなもと》に治癒魔法《ちゆまほう》をかけていた。

「…………」

クリスティーナは障壁を張る役割を担《にな》っている。戦闘の最中だというのに、その瞳は時が流れているのも忘れているかのように、リオのことだけを映し出していた。ただ、名状しがたい胸のざわめきや息苦しさも覚えていた。

（……何なの？　彼を見ていると……）

罪悪感？　恩義？　好奇心《こうきしん》？　それとも……？　とにかく、クリスティーナの胸の内に宿る感情は、激しくかき乱されている。長らく理性で強く抑《おさ》えつけていた気持ちが、抑えつけていた分だけ我慢《がまん》の限界を超えて跳《は》ね返ってくるみたいだった。

あそこで戦っている知らない誰かに、何かを伝えたくて仕方がない。とても返しきれない何かを、少しでも返したいと強く願ってしまう。その願いを掴《つか》み取るように、クリスティーナは魔法を発動させるためにかざしていた右の拳を胸元に移すと、ドレス生地《きじ》をぎゅっと歪めた。

一方で、リオに対してひときわ強い感情を抱《いだ》いている者は他にもいる。クリスティーナの隣《となり》で一緒《いっしょ》に魔力の障壁を張っているラティーファだ。気がつけば、ぽろぽろと涙《なみだ》を流していて――、

「……あれ？」

おかしいなと、ラティーファは右腕《みぎうで》の袖《そで》で涙を拭《ぬぐ》う。どうして涙が出てくるのか、自分のことなのによくわからなかった。

とにかくリオを見ていると、なぜか激しく感情が揺さぶられる。

（なんで？　私、あの人のこと、知らないはずなのに……）

そう、あそこで戦っているリオは、ラティーファの知らない誰かだ。

なのに、どうして？　そんな場合ではないはずなのに、ラティーファは今すぐ駆けだしてリオに抱きつきたい衝動《しょうどう》に駆られた。と、そこで――、

「私……」

リーゼロッテが、ラティーファの隣で――、

「あの人のこと、知っている気がする……」

と、呟《つぶや》いた。

記憶に存在しないはずの名前が、胸元まで出かかっている。なのに、出てこない。その答えをどうしても知りたくて、リーゼロッテも魔力の障壁を張るために伸ばしていた両の拳を、リオに向けながら握《にぎ》りしめた。

「リーゼロッテお姉ちゃんも⁉」

ラティーファがハッとして右横を見る。

「二人もですか？　実は私も……」

クリスティーナも二人の隣から話に加わった。

「…………」

どういうことだと、三人が顔を見合わせる。

その時のことだ。上空にいたアイシアが、ラティーファ達が展開する障壁の近くに着地した。障壁の内側に視線を向け、中の様子を確認《かくにん》する。

「あの、中に入りますか？」

リーゼロッテがアイシアに尋ねた。

「ううん、いい。私も一緒に戦ってくる」

アイシアはかぶりを振《ふ》って、リオの援護《えんご》を開始しようとした。その瞬間――、

「っと……！」

セリアがラティーファ達の張る障壁の内側に転移して現れた。

「セリアお姉ちゃん!?」「どこに行っていたんですか!?」

障壁の内側にいる者達が揃《そろ》って仰天《ぎょうてん》する。

「あ、あはは、ちょっと色々と魔術を発動させていて……」

（もう、なんて説明すればいいのよ……）

当然、皆《みな》から詰《つ》め寄られ、たじろぐセリアだが――、

「あっ、アイシア！」

障壁の外に立つアイシアを見つけて、慌《あわ》てて声をかけた。

「何？」

「伝言よ。合図があったら、結界の内側で権能を行使してアレを倒してって。内包する魔力だけを消滅させれば、起動停止に追い込めるみたい」

と、セリアはリーナから預かった伝言をアイシアに告げた。

「合図？」

「これから大規模な魔術が発動するみたいだから、それが合図よ。あと、倒した後にアレの核を回収してほしいみたい」

「わかった」

「それと最後に一つ。連続しての権能の行使は、二回までにしなさいって。できれば二体まとめて一撃《いちげき》で倒すのが理想らしいけど……」

権能の行使によってリオに押し寄せる負担がやはり心配なのだろう。セリアはわずかに眉《まゆ》を曇らせながら、アイシアの目をじっと見つめた。

「……わかった。じゃあ、行ってくる」

アイシアはその言葉を噛みしめるように深く頷くと、軽い音を立てて床《ゆか》を蹴《け》った。そのままリオが戦うゴーレムのもとへ、回り込むように接近していく。ゴーレムは依然《いぜん》としてリオに激しい攻撃を仕掛けていた。刃の羽根を操りながら、自らはリオを撲殺《ぼくさつ》しようと近接戦を仕掛けている。

リオは自身の周りに数多《あまた》の光球を浮かべながら、ゴーレムの猛攻に対抗《たいこう》していた。迫りくる刃の羽根は光球で弾《はじ》き返し、周りを素早く動き回りながら反撃の隙《すき》を窺《うかが》う。アイシアが降りてきたのはリオも把握《はあく》していたので――、

「っ……」

リオはアイシアの姿がゴーレムには見えなくなるように動く。すると、アイシアがゴーレムの背中に回り込んで、頭部めがけて跳《と》び蹴《げ》りを打ち込んだ。死角からの鋭い一撃を食《く》らっては流石に姿勢制御に支障が出たのか、ゴーレムの上半身はぐらりと揺れた。追撃《ついげき》を警戒したのか、リオとアイシアからいったん大きく距離《きょり》を取る。

「春人、私も一緒に戦う」

アイシアが着地してリオの隣に並び立った。リオはアイシアの手を握ると、すかさず体内で魔力を練り上げて譲渡《じょうと》を開始する。

「ありがとう。上にいる奴《やつ》は……」

「ソラが一人で抑《おさ》えてくれている」

手を握ったまま、二人で情報の共有を行う。

「……そっか。本当に頼《たよ》りになるな、ソラちゃんは」

リオが頭上を一瞥《いちべつ》すると、遠方でもう一体のゴーレムと戦うソラの姿が見えた。

「セリアから伝言。これからまた大規模な魔術が発動するらしい。それを待ってから、結界の内側で権能を使ってアレが内包する魔力だけを消滅させてほしいって」

「……とんでもない規模の結界が発動しているけど、あれもセリアが？」

「もしかしたら美春かもしれない。さっきから様子がおかしい」

「美春さんが……？」

リオが目を皿のようにする。そういえば、美春の姿が見当たらなかった。他の場所にいるのだとは思っていたが——、

（まさか、リーナが……？）

と、リオは思い至る。しかし——、

「いや、話は後だね。今はあいつを何とかしよう。次の魔術が発動するまで、時間を稼げばいいんだね？」

今はのんびり話をしている場合ではない。リオはすぐに思考を切り替えた。

「うん。さっきアイツの胴体《どうたい》を破壊したけどすぐに修復した。生半可な攻撃《こうげき》では傷もつかない。気をつけて」

「わかった。とりあえず、あいつをもっとみんなから遠ざけよう」

と、リオが口にした瞬間のことだ。距離を置いていたゴーレムが、刃の羽根を操って飛ばしてきた。

「私が隙を作る。羽根の対処も任せて」

アイシアがそう言いながら、リオの手を放す。消耗《しょうもう》した魔力はだいぶ回復したので、光球をふんだんに浮かべて射出した。迫《せま》りくる刃の羽根に、一発一発を正確に命中させて弾き飛ばしていく。

「ありがとう」

リオは礼を言い残して、床を蹴った。そして左右の拳《こぶし》に魔力を凝縮《ぎょうしゅく》させながら、正面からゴーレムに迫っていく。羽根への対処を任せられる分、余裕《よゆう》が生まれて強力な術を発動させることができるが――、

(こいつの装甲《そうこう》は厚い)

事象の規模だけをでかくしたところで、威力《いりょく》が伴っていなければ、装甲を破壊することはできないだろう。

（なら……）

必要なのは一点突破の貫通力《かんつう》だ。事象の規模こそ小さいが、その分だけ威力の向上に重きを置いた一撃を狙う。

当然、ゴーレムも大人しくはしていない。体格差と装甲の硬さを活《い》かして、リオをねじ伏《ふ》せようと自らも接近していく。すると、アイシアの操る光球がゴーレムに向かって流星のように降り注いできた。

ダメージは皆無《かいむ》だが、ゴーレムの動きがわずかに鈍る。その一瞬《いっしゅん》を狙って、リオはゴーレムの懐《ふところ》に潜《もぐ》り込もうとした。

すると、ゴーレムの尻尾が反応し、地面を這《は》うようにリオに迫る。だが、アイシアの操る光球の一つが、鈍く輝《かがや》く尻尾の土手っ腹に命中した。正確無比なコントロールにより、ゴーレムの尻尾が明後日の方向に逸れていく。

（流石だ）

リオは心置きなくゴーレムの間合いに潜り込んだ。左右の拳には魔力《まりょく》が可視化されるほどに凝縮されていて、目映《まばゆ》い光となって溢《あふ》れ出ている。まずは右腕を振るい、ゴーレムの土手っ腹を鋭く穿《うが》とうとする。

だが、その一撃が自身に有効なダメージを与えうるものと判断したのか、ゴーレムはこ

こで初めて回避行動《かいひ》を取る。金属質で鈍重《どんじゅう》そうな見た目からは想像がつかぬほど軽《かろ》やかに身を捻った。拳が空を穿ち──、

（でかいうえに、なんて速い……）

リオが目を丸くする。ゴーレムはそのまま回転してリオから離《はな》れてから、急転進してリオに迫り直した。しかし、リオも既《すで》に間合いを埋《う》め直している。右拳に纏《まと》っている破壊《はかい》エネルギーも健在だ。

リオは今度こそ攻撃を命中させようと、拳を振るい直した。ゴーレムも尖らせた爪を剥《む》き出しにして、その先端に強い魔力を集約させながらリオに対して突きを放ち返す。

結果、リオと拳と、ゴーレムの爪が真正面からぶつかり合った。互《たが》いに集約させて放出した魔力を解き放ち、凄《すさ》まじい光と衝撃《しょうげき》が迸る《ほとばし》。

「っ……！」

リオは大きく仰《の》け反《ぞ》って、後方に吹《ふ》き飛ばされた。だが、宙空で軽やかに一回転して、姿勢を制御する。そして、逆立ちの姿勢になると──、

（真っ向から力勝負をするのは無理だな……）

リオは右手で床を突き飛ばして、ゴーレムから距離を取ろうとした。すると、自分に迫ってくるゴーレムの姿を視認《しにん》する。

ゴーレムは持ち前の自重で衝突《しょうとつ》の衝撃をものともしなかったらしい。そのままリオに接近して、追撃を仕掛けてきた。

瞬間《しゅんかん》、リオの身体が逆立ちの姿勢のまま横にスライドしていく。物理法則的にありえない動き方をしたのは、飛翔《ひしょう》の精霊術を発動させたからだ。刀の羽根がリオめがけて降り注ぐ予兆を見せたが、アイシアが光球を操って阻害《そがい》する。

「っ……」

瞬《まばた》きをするほどの合間にも、激しい攻防《こうぼう》がめくるめく繰《く》り広げられていく。リオとアイシアの高度な連携《れんけい》も見せつけられ、障壁《しょうへき》の内で観戦していた者達は呼吸も忘れるほどに息を呑《の》んでいた。

「すげえ……」

と、雅人が呆け顔で漏らす。そこで繰り広げられているのは、雅人の力量からすれば異次元に感じるほどに高度な戦いだった。厄災《やくさい》をもたらす堕天使《だてんし》を相手に臆《おく》さず渡《わた》り合うリオの姿に、憧《あこが》れの眼差《まなざ》しを向けている。

リオは着地して姿勢を正し、ゴーレムに再び迫っていた。右手には再び魔力を込めていて、特大の魔力砲《まりょくほう》を放つ。

ゴーレムは拳を振るい、砲撃《ほうげき》を容易《たやす》く弾き飛ばしてしまった。だが、砲撃の狙《ねら》いは別にある。すなわち、牽制《けんせい》と目くらましだ。リオは姿勢を低くし、自身が放った砲撃の真下を駆《か》けてゴーレムに迫っていた。

死角から接近してくるリオを警戒したのか、ゴーレムは後方に飛翔してリオから距離を取ろうとする。しかし、上昇《じょうしょう》しかけたゴーレムの身体が、脚でも引っ張られたみたいに姿勢を崩《くず》した。ゴーレムの足下《あしもと》が凍《こお》り付いて床にひっついているからだ。リオが走りながら右手で床に触《ふ》れ、精霊術を発動させていた。

直後、おびただしい量の魔力を纏ったリオの左拳が、ゴーレムの顎《あご》を下から強く打ち抜く。すると、リオの左拳から凝縮された魔力の破壊エネルギーがあふれ出し、ゴーレムの頭部を呑み込んだ。

魔力を左拳に溜め込めるだけ溜め込み、極限まで圧縮させて放った一撃だ。溜め込んだ魔力が暴走して霧散《むさん》しかねないほど無理やり圧縮していたので、維持《いじ》するだけでも骨が折れる一撃だった。発動の際にも一歩間違《まちが》えればエネルギーが暴発して自分の手を失いかねないリスクがあったが、威力は抜群《ばつぐん》である。

バリバリと雷《かみなり》にも似た音を響かせながら、リオの放った光の砲撃が消えていく。ゴーレムの頭部は綺麗《きれい》に消滅していて――、

「よっしゃあ！」

雅人が思わず叫《さけ》び、ガッツポーズを取った。だが、その次の瞬間には、失った頭部が修復し始めていた。高熱を発しているのか、足下を覆《おお》う氷もみるみる溶《と》けている。しかも、ゴーレムはその状態で眼前にいるリオを攻撃しようと、拳を振るった。

「っ……！」

リオは咄嗟《とっさ》に後ろへ跳躍《ちょうやく》する。

（頭部を失っても一瞬で修復か。なんてやつだ……）

胴体を吹き飛ばしても修復したとアイシアからは聞いていたので、頭ならばもしかしたらと思ったのだが……。

（弱点になる部位はないのか？）

修復の回数に限界はあるのかもわからないし、こちらだけが一方的に相手を破壊できるとも思えない。生身のまま重傷を負えば、戦闘の継続は困難になるだろう。戦闘がこのまま長引けば不利になるのは自分だと、リオは瞬時《しゅんじ》に判断し――、

（……アイシア。同化して戦おう）

と、リオは念話でアイシアに呼びかけた。精霊であるアイシアと同化すれば、リオの戦闘力が飛躍的《ひやくてき》に上がる。同化しないまま別々に戦うことで役割分担が可能になるメリットはあるが、それを放棄《ほうき》してでも個の戦闘力《せんとうりょく》を向上させるべきだと考えた。

（……わかった。でも、権能を使うまでは同化の度合いを制限しておく）

と、アイシアが制限付きで同意をしたのには、もちろん理由がある。

同化とは契約者《けいやくしゃ》と精霊《せいれい》が文字通りの意味で一心同体になることだ。すなわち、人が精霊と同化することは、人ならざる存在へと至ることを意味する。同化の度合いを強めるほど、人間離《ばな》れの度合いも上がっていく。

アイシアがリオと同化するのは、聖女エリカとの戦い以来、これが二度目だ。同化の度合いを強めた時に、リオの肉体にどういう変化が起きるのかを危惧《きぐ》しているのだろう。場合によっては同化を解除した後にも支障が出て、リオが人ならざる存在に変わってしまうおそれがある。

現に、最初に同化して以来、リオの髪《かみ》と瞳の色は変わってしまった。

（同化のさじ加減はアイシアに任せるよ。ただ、場合によっては合図を待たずに権能を発動させないといけなくなるかもしれない）

セリアからは次に大規模魔術《まじゅつ》が発動するまで権能を行使するのは待ってほしいと言われているが、場合によってはそれを待つ余裕がないかもしれない。それほどにゴーレムという相手は強力だと、リオは眉間《みけん》を険しく歪めた。そして――、

（さあ、いこう！）

（うん）

アイシアが実体化を解除して、姿を消した。アイシアが着けていた壊《こわ》れかけの仮面だけがその場に残って落下すると――、

「え……？」

リーゼロッテやクリスティーナ達が目を丸くした。とはいえ、そうしている間にリオとアイシアの同化は完了《かんりょう》している。見た目の変化こそないが――、

「……相変わらずすごいな」

リオにはとてつもない万能《ばんのう》感がこみ上げていた。通常時とは比べものにならないほど身体が軽く、感覚も研《と》ぎ澄《す》まされているように感じる。

人と精霊が同化することのメリットはいくつかある。まずは人間だったときよりもオドとマナへの親和性が高まり、より強力な術を操れるようになること。続いて肉体が欠損するほどの傷を負っても、修復されて簡単には死ななくなること。そして――、

（よし、霊装《れいそう》も実体化できる）

精霊と同化することで、固有の霊装を扱えるようになることだ。リオの手にはいつの間にか、一振《ひとふ》りの剣《けん》が現れて収まっていた。その様はまるで、勇者が神装を実体化させているようにしか見えなかった。

当然だ。高位精霊と同化した状態にある勇者が扱う神装は、霊装そのものである。登場の仕方も登場の仕方だったし、同化のことを知らない者達からすれば、リオもまた勇者の一人に見えてしまう。

「なっ……」

それこそ度肝《どぎも》を抜かれたような顔で、誰《だれ》もが息をするのも忘れるほどに驚《おどろ》いていた。しかし、リオが勇者かどうかなどゴーレムには関係のないことだ。ゴーレムに驚きという感情があるのかもわからない。

ゴーレムは欠損した頭部の修復も完了するや否《いな》や、リオに突撃《とつげき》した。一瞬でリオに肉薄《にくはく》すると、体格で劣《おと》るリオに鋭い爪を振りかざすが――、

「っ……！」

リオが霊装の剣を構え、爪を受け止めた。ゴーレムはそのまま力尽《ちからず》くでリオを薙《な》ぎ払《はら》おうとするが、リオが踏ん張って対抗する。

（やっぱりとんでもない馬鹿力だな）

同化によってリオの膂力《りょりょく》は向上した。どこまで張り合えるか確かめるためにも真っ向から攻撃を受け止めてみたが、まだ分が悪いと実感する。

体感でしか比べることはできないが、ゴーレムの膂力は高位精霊が憑依《ひょうい》していたエリカ

にも迫るかもしれない。完全に対抗するとなると、アイシアに同化の度合いをさらに上げてもらう必要があるだろう。とはいえ――、

（けど、これなら……）

一応は真っ向勝負が成立する程度には膂力でも張り合えるだろう。それに、向上しているのは肉体の性能だけではない。すると――、

「危ないっ！」

つい先ほどアイシアに遅《おく》れて降下してきたサラの声が響いた。リオの背中めがけて刃の羽根が一斉《いっせい》に飛んでいるのを確認し、慌てて危険を知らせる。

だが、リオの背後に光球が浮《う》かんだ。かと思えば、リオは後ろを一瞥すらせず、光球を操って羽根の迎撃《げいげき》を行った。

「な、なんでアレを打ち落とせるんですか……」

サラ、オーフィア、アルマが絶句する。羽根の数は十や二十どころではない。しかもそのすべてが高速で飛翔しているのだ。それらを視認すらせず打ち落とすとなると、後頭部にでも目がついているとしか思えない神業《かみわざ》である。

もちろん、リオの後頭部に第三の目ができたわけではない。ただ、同化したことで感覚が異様に研ぎ澄まされていた。第六感とでも呼べばいいのだろうか。精霊術で周囲の探知

をするまでもなく、感覚が外に広がっていく。

まるで自己と自然が一体になっているみたいだった。魔力が宿っているものならば、その位置と姿形までもが手に取るようにわかる。

だから、足下からゴーレムの尻尾が忍《しの》び寄ってくるのもわかった。加えて、ゴーレムは空いている左腕《ひだりうで》も突き出して、リオを刺し殺そうとする。剣一本でそれらすべてに対処するのは難しい。

リオはいったん後方に下がって、ゴーレムから距離を取ることにした。ゴーレムは爪に魔力を帯びさせ、リオめがけて腕を薙ぐ。すると、鋭い光の斬撃《ざんげき》が爪先《つまさき》から伸びて、間合いの外にいるはずのリオに迫った。

リオはすかさず頭上へ移動し、斬撃の範囲外《はんいがい》へ逃《のが》れる。代わりに、斬撃が命中した屋上庭園の床が部分的に吹き飛び、ガラガラと音を立てて崩壊《ほうかい》し始めた。すると、ゴーレムも飛翔を開始し、リオに迫る。

（追ってくるか、なら……）

リオはさらに高度をとり、ゴーレムから遠ざかろうとした。ゴーレムもすかさずリオとの距離を詰めようと上昇するので、互いの距離が縮まることはない。だが――、

（よし、これでゴーレムを屋上から引き離せる）

屋上庭園からゴーレムを引き離すことには成功した。思惑《おもわく》通りだ。ゴーレムが操っていた刃の羽根も、本体に引き寄せられて一斉に上空へ向かい始めた。かくして、戦場は空中へ移る。

リオはラティーファ達がいる屋上庭園から少しでも遠ざかろうと、上昇を続けた。ゴーレムは光の翼《つばさ》を展開し、そこから光の槍《やり》を無数に射出してリオを撃《う》ち落とそうとする。リオはジグザグに飛んで、光槍を避《さ》けていく。

（権能は結界の内側で使わないといけないんだよな？）

結界の内側で戦うとなると、王都はむき出しの裸《はだか》状態である。城や都市への被害《ひがい》を抑えようとするのなら、このままガルアーク王国から離れてしまいたいところだ。しかし、あえて内側で戦えと指示してきたということは、何かしらの意図があるのだろう。

（よし、あっちだ）

王都全域を覆う結界の範囲《はんい》は広域で、中には無人地帯も含《ふく》まれている。リオは咄嗟に周辺を一瞥し、激しく戦っても被害が少なそうな箇所《かしょ》を選別した。そして目星をつけると、すぐそちらへ移動しようとした。だが――、

「っ……！」

ゴーレムが際限なく加速していき、音を超《こ》えた速さでリオに迫った。リオは咄嗟に反応

して、突進《とつしん》を避ける。しかし、その時点でゴーレムが操る刃の羽根が、リオを囲むように飛び交《か》っていて——、

（こっちの思惑通りには動かせ続けてはくれないか……）

リオはやむを得ず、いったんこの場で応戦することを決める。顔に着けた仮面が軋《きし》んだのは、その直後のことだった。

◇　◇　◇

ガルアーク王国王都の上空では。

ソラとゴーレムが複雑な軌道《きどう》を描《えが》きながら飛び交っていた。その速度はもはや常人が肉眼で追い切れる速度の限界を超えている。飛びながら接触《せっしょく》する度に拳をぶつけ合っているのか、至る所で衝撃波《しょうげきは》が飛び散っていた。

ゴーレムと真っ向から殴《なぐ》り合うなど、本来ならばただの自殺行為《こうい》だ。生身の生物が一撃でも食らえば全身は木っ端微塵《こっぱみじん》になる。擦《かす》っただけでも終わりだ。音速を超えた速さで飛び回っている状態となれば、尚更《なおさら》だろう。ゴーレムが傍《そば》を飛んですれ違う際の風圧だけでも死にかねない。

だから、身体強化を施《ほどこ》したリオやアイシアでも、音速に近い速度で飛ぶ時は攻撃する寸前に減速する。軌道変更《きどうへんこう》も肉体への負担を考慮《こうりょ》して、必要最小限にしか行わない。

だが、竜王《りゅうおう》の眷属《けんぞく》であるソラの特性が、音速を保ったままでのゴーレムとの格闘戦《かくとう》をも可能としていた。すなわち、竜人化《りゅうじん》。ソラは普段《ふだん》は霊体《れいたい》として存在している竜体《りゅうたい》を、実体化して自らの肉体に纏わせることができるのだ。

竜体は世界最強の肉体であり、身を守る鎧《よろい》であるといってもいい。その皮膚《ひふ》はあらゆる魔力攻撃《まりょくこうげき》を弾き、あらゆる斬撃や打撃《だげき》を弾き返すだけの硬度《こうど》を誇《ほこ》る。さらには、竜体化した当人の膂力と速力を大幅《おおはば》に向上させる。

「竜王様の眷属であるこのソラと、真っ向から殴り合おうとは良い度胸です！」

今のソラは頭部から角を生やし、背中からは翼を生やし、肉体の随所《ずいしょ》に竜体を纏っていた。人型の姿こそ保ってはいるが、その見た目はまごうことなき竜人である。

そんなソラと真っ向からぶつかり合えるゴーレムの装甲もまた、世界最強の鎧と言ってもいいのだろう。ゴーレムは大抵《たいてい》の相手なら、最強の装甲を前面に押し出して真っ向からゴリ押しで圧倒《あっとう》しきれるだけのスペックを持っている。

近距離《きんきょり》戦闘《せんとう》でも、遠《えん》距離戦闘でも、対軍団戦闘でも、対応が可能。七賢神《しちけんじん》が神代に開発した最高の決戦兵器という称号《しょうごう》は伊達《だて》ではない。竜王の眷属であるソラとも渡り合えてい

ることが、そのことを証明している。だが――、

「おらっ！」

少なくとも格闘戦において、形勢がソラに傾《かたむ》き始めた。高速で飛翔しながら衝突を繰り返すうちに、一箇所で特に激しいぶつかり合いが発生したのがきっかけだ。ソラの一撃がゴーレムを押し切る。すると、バランスを崩したゴーレムに対して――、

「おらおらおら！」

ソラが拳のラッシュをお見舞《みま》いした。堅牢《けんろう》なゴーレムの装甲が、物理的な暴力だけでデコボコにへこまされていく。ゴーレムは体勢を崩しながらも殴り返そうとするが、右腕、左腕と、それらの両拳をソラが掴む。すると、ゴーレムは尻尾をしならせ、ソラの身体を突き刺そうとした。

「むんっ」

ソラも自慢《じまん》の竜尾《りゅうび》をしならせ、ゴーレムの尻尾をはたき返す。そして――、

「尻尾があるのはお前だけじゃないですよ！」

小さな口を目一杯《めいっぱい》大きく開ける。

瞬間、口先で強烈《きょうれつ》な光が渦巻《うずま》き、破壊の光線がブレスとして放出された。光線は電流のような音をまき散らしながら、一直線に突き進《すす》む。その威力は凄まじい。リオやアイシア

がゴーレムの身体を吹き飛ばした一撃と同じように、極限まで高圧縮されたエネルギーが半ば暴走状態に達していた。

ゴーレムの胸元から上の部分が、一条《ひとすじ》の図太い閃光《せんこう》によって呑み込まれる。閃光が触れた瞬間に装甲の融解《ゆうかい》が始まり、瞬《また》く間《ま》に閃光がゴーレムの身体を貫通した。胸元から上の部分は綺麗に消滅《しょうめつ》し、ゴーレムの両腕《りょううで》とお腹《なか》から下の部分だけが残る。

「ふん」

ソラは勝ち誇ったように鼻を鳴らして、後ろに下がった。そしてゴーレムの胴体から分断された両腕を、ぽいっと投げ捨てる。

だが、既に修復は始まっていた。光の粒子《りゅうし》が集束していき、失ったパーツが実体化して元通りに象《かたど》られていく。

(こいつがどこぞの賢神《けんじん》の眷属になっているとしたら、主人が近くにいる限り魔力の供給が無限に続く。このままだと殴っても殴ってもキリがないですよ)

ああ、面倒《めんどう》くさい。と、ソラは溜息《ためいき》交じりに両腕を組み、ゴーレムの修復を待った。そして——、

「おい。お前、どの賢神が管理しているゴーレムです？　どういう事情があってお前の主人はお前をここで暴れさせている？」

ソラは追撃を行うのではなく、言葉を投げかける。

「…………」

当然というべきか、ゴーレムからの返事はない。修復はとうに完了しているが、近接戦では簡単にソラを倒《たお》すことは容易ではないと学習したのか、闇雲《やみくも》に突《つ》っ込んでくることはなかった。

「相変わらず自我《じが》があるのかないのかよくわからない奴ですね。ですが、ソラの言葉は理解しているはずですよ。というか、お前の主人ならお前越《ご》しに話をできることもわかっているです。どうせ近くにいて聞いているんでしょう？　さっさと出てこいですよ」

ソラはかつてリーナの眷属だったゴーレムと戦ったことがある。戦闘《せんとう》データを取りたいとリーナに頼《たの》まれたからだ。だから、ある程度はゴーレムの仕様を知っていた。ソラは目の前にいるゴーレムを操っている誰かが七賢神であるという前提のもと、対話と情報収集を試みる。しかし――、

「…………」

ゴーレムは不気味な光を瞳《ひとみ》に宿しながら、沈黙《ちんもく》を保ち続けた。

「ちっ、このポンコツめ……！」

ソラはムッとするが――、

（……こいつ、もしかして眷属にはなっていないです？　確かに、眷属にしては少し手応えがなかったような気も……）

妙《みょう》な違和感《いわかん》も抱いていた。大昔に戦ったリーナの眷属だったゴーレムの戦闘能力はさらに高かった記憶《きおく》がある。ゴーレムは賢神の眷属になって初めて、その性能をフルに発揮できると聞いたことがあったなと、ソラは朧気《おぼろげ》に思い出した。

（もしかしてこいつを起動させたのは賢神ではない？　なら、誰が……？）

疑問は尽《つ》きないが、情報が少なすぎて憶測《おくそく》の域を出ない。それで、やがて考えるのも面倒になったらしい。

「まあいいです。お前をたこ殴りにし続ければ、どこかに隠《かく》れているお前の主人も出てくるでしょう。嫌《いや》になるまで殴り倒してやるから……」

ソラはやれやれと溜息をつきながら、肩慣《かたな》らしでもするように両腕をぐるぐると回し始める。そして――、

「覚悟《かくご》するですよ！」

ゴーレムに突っ込《こ》もうとする。だがその瞬間、ゴーレムが全身から光のエネルギーを放出してその身に纏った。

「はっ、今さら闘気を纏って多少硬《かた》くなったところで……」

ソラは急停止するが、嘲笑《ちょうしょう》を刻んだ。そして——、

「ソラだってそんなの余裕でできるです」

魔力をエネルギーに変換《へんかん》した光を全身から放出して、ゴーレムと同じようにその身に纏わせる。果たして——、

「ぼっこぼこにしてやるですよ！」

ソラは今度こそゴーレムに突っ込み、戦闘を再開するのだった。

◇　◇　◇

ガルアーク王国の屋上庭園では。

「…………」

ラティーファ達がぽつりと取り残されていた。誰もが上空での戦闘に釘付《くぎづ》けになり、固唾《かたず》を呑んでいる。

超越者《ちょうえつしゃ》になったリオと、眷属《けいぞく》であるソラは人々の意識や記憶に残りづらい存在になっているが、ゴーレムとの戦闘が継続しているこの状況《じょうきょう》では日立ちに目立っていた。この場にいる誰もがいまだリオ達のことをきちんと認識《にんしき》している。

すると、やがて――、

「……おい、アイツは勇者なのか？」

弘明《ひろあき》がぽつりと疑問を漏《も》らした。

「……勇者様は六人です」

傍にいるロアナが戸惑《とまど》い顔で答える。その根拠《こんきょ》は伝承で勇者の数は六人だと明記されているからだ。

現在、その存在が明らかになっている勇者の数も六人。つい先日、勇者になったばかりの千堂《せんどう》雅人、ガルアーク王国の皇《すめらぎ》沙月、レストラシオンの坂田《さかた》弘明、セントステラ王国の千堂貴久《たかひさ》、ベルトラム王国の重倉《しげくら》瑠衣《るい》、そしてプロキシア帝国《ていこく》の菊地《きくち》蓮司《れんじ》である。だというのに――、

「なら、どうしてアイツは神装を使っている？　アレは神装だろ？」

七人目の勇者が存在するとでもいうのか？　弘明は声を荒《あら》らげて疑問を口にした。嫉妬《しっと》や僻《ひが》みで怒《おこ》っているわけではなさそうだ。それよりは焦《あせ》りや悔《くや》しさのようなものが強く滲《にじ》んでいるように見える。

「それは……」

ロアナは言葉に詰まってしまう。

(同じ勇者なら、なんでこうも違《ちが》う？　アイツの強さはなんだ？)

このとき弘明の脳裏《のうり》に浮かんだのは、ロダニアから撤退《てったい》する際に遭遇《そうぐう》した勇者、菊地蓮司に敗北した苦い記憶だった。

弘明が強さを求めるようになったのは、あの敗北がきっかけである。同じ勇者であり、生意気な年下の小僧《こぞう》を相手に負けたことが、一つの起爆剤《きばくざい》となったのだ。そして今、勇者かもしれない男がまた新たに現れた。抗《あらが》うだけ無駄《むだ》だと、自分なら背中を向けて裸足《はだし》で逃《に》げ出したいと思うような怪物《かいぶつ》を相手に、アイツは臆さず挑《いど》んでいる。

(くそっ、俺《おれ》だって……)

そう、自分だって勇者だ。そう思う反面、己の無力さも痛感する。弘明はもどかしそうに歯噛《はが》みして、拳を握《にぎ》りしめた。すると――、

「彼《かれ》らが誰なのか、セリア先生はご存じなのですか？」

クリスティーナがセリアに問いかける。先ほどセリアがアイシアの名前を呼んで話をしていたのは誰もが見ていた。リオやソラのことも知っているのではないかと、皆の視線は再びセリアに集まる。

「………はい。知っています」

「何者なのですか、彼らは？」

答えていいか逡巡《しゅんじゅん》したのか、セリアはわずかに間を空けてから首肯《しゅこう》した。だが、クリスティーナから続けてその素性《すじょう》を尋《たず》ねられると——、

「ハルトです」

セリアは迷いを断《た》ち切ったような顔で、はっきりとその名を告げた。

「……ハルト？」

神のルールの影響《えいきょう》下に置かれたこの世界では、一部の例外を除いて超越者になった者のことを思い出すことはできない。戸惑いを滲ませる者ばかりだが――、

「ハルト＝アマカワ。この場にいるみんなから忘れられてしまった、あの子の名前です」

セリアはそれでも、空を見上げながらリオのことを語る。

「忘れられてしまった……」

そんなことがあるわけないだろうと、一蹴《いっしゅう》する者は一人もいなかった。皆、セリアと共に上空で戦うリオを見つめて息を呑む。

ただ、三人だけ、ハルト＝アマカワの名前を聞いて、ありありと目を剥いて強い驚きを示す者がいた。亜紀《あき》と、ラティーファと、リーゼロッテだ。

「桃色《ももいろ》の髪をした子の名前はアイシア、一緒《いっしょ》にいた小さな女の子の名前はソラです。この場にいる誰もが、ハルトとの繋《つな》がりを持っていました。今はその繋がりを絶たれています

が……」

セリアがアイシアとソラについても語ると——、

「ま、待って！　待ってください！」

亜紀が焦りを滲ませて叫んだ。

「ど、どうしたんだよ、亜紀姉ちゃん？　急に……」

雅人がびっくりして尋ねる。

「だ、だって、その名前は……」

亜紀は唇《くちびる》を震《ふる》わせながら——、

「私の、血の繋がった兄と、同じ名前だから……」

と、打ち明けた。この世界で生まれ育ったリオの名前を、亜紀は確かに忘れている。だが、地球で生まれ育った天川春人という人物の名前はしっかりと覚えていた。亜紀が四歳《さい》になる年に、両親の離婚《りこん》で離れ離れになってしまった実の兄のことを……。

ただ、亜紀にとって天川春人は鬼門《きもん》だ。離婚についてどちらが悪いのかはともかく、塞《ふさ》ぎ込んでいた母の姿を物心がついていく過程で間近で見ていたことから、離婚した父と一緒に離れ離れになった春人に対しても逆恨《さかうら》みに近い嫌悪《けんお》感を抱《いだ》き続けてきた。

この世界に来てからもその感情が変わることはなかったはずだ。だが、どういうわけか今は不思議とその嫌悪感が薄《うす》れているような気もした。亜紀はその感情を確かめるように胸元《むなもと》に手を添《そ》える。

「……………」

短くない静寂《せいじゃく》が流れ――、

「……私、お母さんが再婚《さいこん》する前、天川亜紀って名前だったんです」

亜紀は上空で戦うリオを見上げながら、両親が離婚する前の自分の名前を恐《おそ》る恐る皆《みな》に打ち明けた。

◇　◇　◇

屋上庭園にいる者達がリオに注目を寄せる中、当の本人はゴーレムとの激しい空中戦を繰り広げていた。

飛び回って距離《きょり》を取れば当然、ゴーレムは遠隔攻撃《えんかくこうげき》を仕掛《しか》けてくる。オールレンジで迫ってくる刃《やいば》の羽根も確かに対処は面倒だが、周辺への被害を気にしなければならないこの状況においては、光の翼から放たれる光槍が非常に厄介《やっかい》だ。

着弾《ちゃくだん》地点に爆発《ばくはつ》を起こす光槍の威力は一つだけでも馬鹿にできない。距離を保った状態で光槍をばらまかれ、居住区に被害が出れば目も当てられない。

よって、ゴーレムが使用する兵装の選択肢《せんたくし》を絞《しぼ》らせなければならなかった。そのためには自分からゴーレムに近づいて、空中での接近戦を仕掛けるしかない。

ただし、同化したことで多少の無理がきくようになったとはいえ、リオの肉体強度はゴーレムの装甲には大きく劣る。ソラのようにガチンコでゴーレムと殴り合ったり、高速でゴーレムに衝突したりすることは不可能だ。接近した際には減速して、その場でゴーレムと近接戦を繰り広げなければならない。

リオが近くで剣を構えると、ゴーレムも両腕の拳から光の爪《つめ》を形成した。厄介なのは接近戦を仕掛けるにしても、ゴーレムの方が一度に扱える武装の数が豊富なことだろう。両腕の爪に加え、伸縮《しんしゅく》自在の尻尾《しっぽ》、単独で飛翔可能な刃の羽根まで備えている。

不足している武器の数は精霊術で補うしかない。リオは周囲に無数の光球を展開し、迫りくる刃の羽根の対応に当たった。両腕の爪から伸《の》びる光の爪と臀部《でんぶ》から伸びて不規則な動きをする尻尾は、剣一本と身一つで対処する。

とはいえ、武器の数ではまだゴーレムに分がある。リオにソラのような身を守る竜体がない以上、やはり真っ向から間合いに入って斬《き》り合うのは得策ではない。

リオはゴーレムに近づいた後も動きを止めず、その周りを高速で飛び回って攪乱《かくらん》した。

その上で、武装が手薄《てうす》な脇《わき》に回り込んで霊装の剣を振《ふ》りかぶる。瞬間――、

「っ……」

ゴーレムが姿を消した。正確には高速で移動して、一瞬でリオの背後に回り込んだ。光の爪を振るい、リオの身体を切り裂《さ》こうとする。だが、リオも加速して回避し、ゴーレムの脇に回り込む。

ゴーレムはリオの速度に対応し、方向を変えて向き合った。リオが剣を振るうと、光の爪を構えて受け止める。

（霊装の剣でも、魔力で強化された箇所を斬ることはできないか。なら……爪以外で、装甲《そうこう》がむき出しの箇所ならどうだろうか？　そう考えるが、武器を押《お》しつけ合ったまま動きを止めてしまえば、ゴーレムの攻撃《こうげき》が怒濤《どとう》のように押し寄せてくる。リオは間髪容《かんはつい》れず、移動を再開した。

ゴーレムもリオの狙いは理解しているのか、的を絞らせまいと動き回る。結果、両者は互いに有利な位置を確保しようと、至近距離《しきんきょり》でめまぐるしく飛び回った。

同化のおかげで身体は軽く、リオの調子は絶好調だ。同化したことで飛翔能力もまた大きく向上している。精霊術のキャパシティに余裕《よゆう》が生まれたこともあるが、身体が丈夫《じょうぶ》になって無理な軌道変更や旋回《せんかい》もできるようになったことが大きい。

同化する前でも直進速度だけならリオもアイシアもなんとか張り合えるくらいには速かったが、トップスピードでの小回りが利《き》かないせいでアイシアは苦しい空中戦を強《し》いられていた。リオは同化する前だったら躊躇《ためら》っていたような軌道変更も多用し、ゴーレムの守りを崩そうとしている。だが――、

（この速度でも難なくついてくるか）

真っ向からのパワー勝負よりは競《きそ》えているが、ゴーレムのスピードを上回ることがまだできなかった。肉体の強度で劣っている以上、高速で飛翔しながらリオがまともに一撃《いちげき》を入れようとするのなら、速度でゴーレムの上をいく必要がある。

（このままじゃ埒《らち》があかない。アイシア、同化の度合いはまだ強めても大丈夫《だいじょうぶ》？）

リオが移動しながら、念話でアイシアに尋ねた。

（……今でも六割くらい）

現状でもだいぶ高い数字だ。同化の度合いがどれだけ人間の肉体へ影響をもたらすかも検証しきれていない以上、アイシアは「大丈夫だ」とは断言しなかった。

とはいえ、このままだと決め手に欠ける。合図があり次第《しだい》、権能を使ってゴーレムを倒せというのがリーナからの指示だ。時間を稼《かせ》ぐだけでもいいのかもしれないが――、

（可能なら、七割で。いける？）

権能を使わずに倒せるのかどうか、どこまで戦えるのか、試《ため》しておきたいところだ。リオは同化の度合いをさらに上げてもらうよう、アイシアに頼む。

（……わかった。体調に異変があったらすぐに教えて）

（ありがとう）

瞬間、リオの調子がさらに一段階上がった。たったの一割だが、その差は肌《はだ》で感じ取れるほどに大きい。リオはそれを実感するや否や、剣に大量の魔力《まりよく》を纏《まと》わせた。刀身が白銀に輝《かがや》いていき、次第にばちばちと火花を散らし始める。

そして、リオは飛翔速度を急《きゆうじようしよう》上昇させた。いきなり速度が切り替《か》わったので、緩急《かんきゆう》が生まれる。ゴーレムの反応がわずかに遅れ――、

（これならっ……！）

リオは背後に回り込む。その時点では既《すで》に剣を振りかぶっていた。ゴーレムも反射的に尻尾を振るったが、リオが握る霊装の剣がしなる尻尾を両断する。リオは間髪《かんはつ》を容《い》れず、返す刃でゴーレムの身体を切り裂こうと一気に加速した。

刹那《せつな》、ゴーレムがリオに向き直って、光の刃を形成した爪でリオの斬撃を受け止めようとする。だが、リオの振るう剣の軌跡《きせき》が、ゴーレムの速度をわずかに上回った。防御《ぼうぎょ》は間に合わないと判断したのか、ゴーレムは後ろへ下がろうとするが……。

音すら後ろに置き去りにするほどの速さで振るわれた剣が、ゴーレムが防御のために振り上げた拳《こぶし》の手首に吸《す》い込まれる。膨大《ぼうだい》な魔力を帯びて研ぎ澄まされた刃は、ゴーレムの手首を容易く両断した。

直後、リオは剣に閉《と》じ込めていた暴走寸前の魔力を解放して――、

「っ……！」

夜明けを迎《むか》えたばかりでまだ薄暗《うすぐら》い瑠璃色《るりいろ》の空に、一筋の流れ星が通過した……ように地上からは見えたことだろう。

リオの剣から放たれた光の斬撃は、目映《まばゆ》い光線となってゴーレムの上半身を丸ごと呑《の》み込んだ。ゴーレムの上半身は瞬く間に融解していき、斬撃が消え去ったその瞬間《しゅんかん》には下半身だけが残る。

だが、損失した上半身の修復も既に開始していて、一息つく暇《ひま》さえない。

「っ……！」

させるものかと、リオは即座《そくざ》にゴーレムとの距離を詰《つ》め直《なお》す。ゴーレムのさらなる復活は当然想定していたのか、剣には魔力を再装填して圧縮を開始していた。そのまま下半身も消滅させようとするが……。

ゴーレムは胴体《どうたい》を修復させながら、後退を開始する。

（こいつっ……）

　リオはすかさず後を追った。しかし、刃の羽根が飛び交って邪魔《じゃま》をしてくる。光弾《こうだん》を張って迎撃をしているが、減速は免《まぬが》れなかった。そうこうしている内にゴーレムの修復は完了する。かと思えば、ゴーレムの魔力が膨《ふく》れ上がって、急停止した。

「っ……！」

　リオは警戒《けいかい》して反射的に急停止する。

（……なんだ？）

　ゴーレムの身体から溢《あふ》れる魔力が、可視化されるほどに密度を増していく。その魔力は光のエネルギーに変わり、ゴーレムの全身を包み込んだ。

（これは、身体強化？　いや……）

　そうじゃない、と――、

（爪から生やしている光の刃と一緒だ。攻撃に使うエネルギーを全身に纏わせている）

　リオは瞬時に見抜《みぬ》いた。

　魔法《まほう》や魔剣《まけん》や精霊術の中には、物理的な破壊力《はかいりょく》を持った光のエネルギーを攻撃手段として用いるものが存在する。一般《いっぱん》に光属性とも、無属性とも呼ばれるものだ。

　代表的なものが光弾魔法《フォトンバレット》や、魔力砲撃魔法《マジックキャノン》といった魔法で、王の剣であるアルフレッドが使っていた魔剣が放つ光の斬撃もまた同様の類いのものだ。リオが戦闘で多用する光球もまた、同じ効果を秘《ひ》めている。セリアが使う聖剣斬撃魔法もそうだし、ゴーレムとの戦闘でリオやアイシアが装甲を消し飛ばした一撃もそうだ。

大量の魔力を込めれば込めるほどに威力《いりょく》は上がるし、その魔力を凝縮《ぎょうしゅく》させて密度を高めれば高めるほどにまた威力は上がる。

そして、例えばリオはエネルギー化させた光を剣に纏わせたまま放出せずに戦うことがあるが、エネルギーによって覆《おお》われた剣を振るえばより強力な一撃を放つことができるようになる。ただ——、

(そんなこと、できるのか?)

剣にエネルギーを纏わせられるのは、それが物体だからできることだ。エネルギーを纏わせれば外部からの攻撃を防ぐ魔力障壁《まりょくしょうへき》としても機能するが、内側の剣はエネルギーによる負荷《ふか》に晒《さら》される。物体の耐久《たいきゅう》限界を超えてエネルギーを纏わせると、耐《た》えきれずに崩壊する危険もあるほどだ。だが——、

(ゴーレムの装甲なら……。攻撃力《こうげきりょく》だけじゃない。防御力《ぼうぎょりょく》がさらに跳《は》ね上がったはず。厄介だな)

その分、燃費が悪くなって魔力の消耗《しょうもう》も跳ね上がったはずだが、ただでさえ堅牢な装甲

の防御力がさらに上がったと思うと――、

（……七割のままで、いけるか？）

リオの表情が険しくなる。

その時のことだ。

王都を包み込む結界に、変化があった。上空に、王都全域を覆うほどの超巨大《ちょうきょだい》な魔術陣《まじゅつじん》が浮かび上がり――、

「これは……」

リオが頭上を見上げた。球状に張り巡《めぐ》らされた結界の境界面が、きらきらと目映い光を放ち始める。

「これが、先生が言っていた大規模な魔術《まじゅつ》、なのか？」

どんな効果が秘められているのかと、リオは不思議そうに魔術陣を見つめた。

【間章】

箱庭の世界

神がこの世界を去る時。もともとはこの世に存在しなかったはずの超常《ちようじよう》的な法則が、後付けで世界に誕生した。それが神のルールだ。

その法則は超越者《ちようえつしや》さえも縛《しば》りつける。

否、超越者だからこそ縛られる。

破れば代償《だいしよう》が降りかかる。

しかし、超越者達《たち》……、というより七賢神達は、古くからその法則から免れるための研究を進めていた。

神魔《じんま》戦争の時代から。いや、それよりもずっと昔から。そう、この世界を創造した神が世界を去って間もない頃《ころ》からだ。

仮面はその成果物の一つである。賢神の一柱であったリーナも途方《とほう》にくれるほど長い時を費《つい》やして、研究を行っていた。他の賢神達と袂《たもと》を分かった後も、独自に研究を続けた。

結果、高確度で推察できたことがある。

（この世界とは別の場所にあるどこか……）

根源、原初、アカシックレコード。呼び方はともかく、その別のどこかはこの世界と繋がっていて、そこにはおそらくこの世のすべてが記されている。

ありとあらゆるすべてが、だ。この世に存在する生命も、物体も、物理や魔術や精霊《せいれい》術といったあらゆる法則も、この世界で既に起きた出来事も、起きなかった出来事も、これから起きうる出来事も、起きないかもしれない出来事も……。

（父さんはそこに神のルールを記した。それこそが真なる神の力。父さんがそこに記した内容は、この世界でその通りに反映される）

そう、全知全能の神はそのどこかにアクセスすることができ、ありとあらゆることを自由に記して世界を操《あやつ》ることができる。おそらくは既存《きそん》の法則や発生した歴史すらもねじ曲げることができるだろう。

どういう意図や目的があったのかはわからないが、おそらくはその力を使ってこの世界の生命を創造し、魔術や精霊術を創りだし、超越者達に権能を与《あた》えた。リーナはそう考えている。

（この世界に存在する限り、父さんが記したことから免れることはできない）

万が一、記した内容と矛盾《むじゅん》するような出来事が発生すれば、世界規模での巨大《きょだい》な修正力が働く。そのことは神のルールで判明済みだ。神が記した内容にそぐうよう、時には強引《ごういん》なつじつま合わせが発生し、場合によっては代償を支払《しはら》わされる。

（父さんの力がどの範囲にまで影響を及《およ》ぼすのかはわからない。権能や魔術や精霊術であれば一度習得してしまえば外の世界でも使える。けど、少なくとも神のルールについては世界の外にいる者には適用されない。なら、この世界に存在しながら、この世界から切り離《はな》された独自の領域を創りあげたら？）

この世界に存在しながら、世界の外に存在するとも見做《みな》される特異点だ。その領域を創るための演算を、リーナは千年前の時点からこのマナクリスタルに行わせていた。

（私の仮説が正しければ、そこでなら神のルールは適用されない。問題は領域を創りあげるための演算に膨大な時間が必要だったこと。神のルールが適用されない空間を作り出すことで、世界の修正力がどう作用するかわからないこと）

最悪、リーナも知らないペナルティが発動する恐れもある。特に空間を作り出した者には最大の罰《ばつ》が下されるかもしれない。領域を創った後のことはリーナの権能でも見通すことができなかった以上、不安は残るが――、

（今さら後には引けないものね。セリアにはまだまだやってもらわないといけないことがある。この娘《こ》には悪いけど……）

リーナは先ほど地上に送り出したセリアのことを思ってから、美春《みはる》の肉体の胸元に手を添えた。その時のことだ。リーナの前に浮《う》かぶマナクリスタルの光が弱まった。

（演算が終わったみたいね）

すなわち、領域を創る準備が完了《かんりょう》したことを意味する。

「……やっぱり見ているんでしょう、父さん？　千年前から行っていた演算が終了《しゅうりょう》するのがちょうどこの瞬間だったなんて、偶然《ぐうぜん》とは思えないもの」

神の見えざる手による采配《さいはい》があるのではないかと、疑わざるをえない。リーナは誰《だれ》もいない室内で、天井《てんじょう》を見上げながら唐突《とうとつ》に問いを発した。だが――、

「…………」

室内は静寂を保つ。やはり答えは返ってこなかった。

（……笑わせてくれるわね。いいわ。やってやりましょう）

リーナは自嘲《じちょう》を刻む。それから、覚悟を決めたような顔で、部屋の中央に浮かぶマナクリスタルに両手をかざすと――、

「《箱庭創世魔術《パンドラ》》」

領域を創り出す呪文《じゅもん》を、リーナは詠唱《えいしょう》するのだった。

【第五章】❋私達の英雄

その日、その瞬間。まだ薄暗いはずのガルアーク王国王都は、いきなり朝でも迎えたみたいに、明るく照らされていた。

「何、あれ……？」

お城の屋上庭園で、ラティーファ達が光《ひか》り輝く結界と空に浮かぶ魔術陣を不思議そうに見上げている。

（間違《まちが》いない。これが合図だわ）

セリアだけがハッとして、状況を理解する中で――、

「…………………」

ラティーファ達は目の前の光景を理解できていないのか、時が止まったみたいに硬直《こうちょく》していた。その瞳は確かに王都の上空に浮かぶ魔術陣や結界の境界面を映し出しているはずなのに、焦点《しょうてん》が定まっていない。

まるで真っ暗な闇《やみ》でも見ているようだった。だから、ラティーファ達は呆然《ぼうぜん》と立ち尽く

したまま、ただ頭上を見上げている。

だが、やがて光を見つけた。

皆の瞳が、遠い空の上で戦うリオの姿を捉《とら》える。

瞬間——、

「…………」

ラティーファ達の瞳が涙《なみだ》で滲む。

とても大切なことを、ずっと忘れているような気がしていた。

みんなと一緒に平和な日常を過ごしている中で、時折、そういうもやもやに包まれる瞬間が確かにあった。顔も名前もわからない誰かが、すぐ傍で一緒に暮らしていたのではないか、と。

なのに、大して気にも止めなかった。ただの気のせいだと思って、顔も名前もわからない誰かの不在が当たり前の日常にまた戻《もど》ってしまった。

けど、間違いではなかったのだ。

気のせいなんかでは、なかったのだ。

ああ、そうだ。

すべてを思い出した。

大量に喪失《そうしつ》していたパズルのピースが、一気に埋《う》まった。

止まっていた時が、再び動き出し――、

「……お兄ちゃん」

ラティーファは声を震わせ、ぼろぼろと涙を流した。

（そうだよ、お兄ちゃんだよ……！　私の、お兄ちゃん……！）

こんなにも大切な人なのに、絶対に忘れていい人ではないはずなのに、今の今になるまでどうして忘れていたのだろう？

嬉《うれ》しくて、けど悲しくて、申し訳なくて……。

ラティーファの感情はぐちゃぐちゃにかき乱される。

「うっ、ぐすっ……」

涙がこみ上げてくるのを、堪《こら》えきれなかった。

けど――、

「……！」

ラティーファはごしごしと、目許《めもと》がすり切れてしまうぐらいに強く、涙を拭《ぬぐ》った。

だって、少しでも早く、少しでも長く、リオのことを視界に収めたかったから……。ずっと、ずっと、リオのことを忘れていたから……。

涙でリオが見えなくなってしまうのは、嫌だった。

だから、泣いている時間なんかない。

また忘れたらどうしよう？

なんて不安も脳裏をよぎったけれど——、

（もう絶対に……！　忘れない！）

そうだ。忘れて、たまるものか！　大好き義兄《あに》のことを、最愛の人のことを思い出せた嬉しさだけを、その胸で噛《か》みしめて……。ラティーファは意地でも涙を堪え、上空で戦うリオをまっすぐと見上げた。

一方で、他の者達も皆、思い思いの反応を見せている。

絶対に忘れようのない人のことを完全に忘れていた事実に、まだまだ戸惑っていたり、困惑《こんわく》していたりする者も多いけれど——、

「みんな、思い出したのね……！」

セリアは感極《かんきわ》まりながら、皆の様子を見守っていた。

すると——、

「……先生は覚えていたのですか？」

クリスティーナがぱちぱちと目を瞬《まばた》いて、セリアに尋ねる。

「はい。私も最初は忘れていたんですけど、ある日、突然《とつぜん》に……」

思い出しましたと、セリアは打ち明けた。

けど──、

「ま、待ってください！　そんな、どうして今の今まで、私達《たち》はハルトさんやアイシア様のことを……」

忘れていたというのか？

サラは理解が追いつかず、取り乱して疑問を口にした。

「確かに、まるでハルトさん達が最初から存在していなかったみたいに、みんなの記憶や認識を一律に書き換《か》えるなんて……」

「ありえません……」

まるで、実在した人の痕跡《こんせき》をこの世から完璧《かんぺき》に消し去ろうとするほどの徹底《てってい》ぶりではないか。それが世界規模で起きたというのなら、人が成せる業だとは到底《とうてい》思えない。オーフィアとアルマは思わず息を呑んだ。

「……聖女エリカ。あの人との戦いがきっかけですよね？　あの戦いの最後に、私達はハルトさんとアイシア様のことを忘れてしまった」

リーゼロッテが当時の状況を整理する。

「いったいどうして……？」

やはり話はそこに行き着き、多くの者がその言葉を口にすると――、

「私、わかるよ！」

ラティーファが力強く断言した。

「え？」

皆の注目がラティーファに集まる。

「お兄ちゃんとアイシアお姉ちゃんは、私達のことを守ってくれたの。それでどうして私達がお兄ちゃん達のことを忘れちゃったのかはよくわからないけど……。きっと、私達を守るためだったんだよ。そのせいでこんなことになったの！」

そうに決まっている。と、ラティーファは信じて疑わずに断言した。

「どうして忘れたのかはよくわからないけどって……」

そのどうしてがわからないから、みんな困惑しているのに、ラティーファはそこをすっ飛ばしてもうすっかり納得《なっとく》してしまっている。サラは呆《あき》れ顔になり――、

「ふふっ」

クリスティーナやリーゼロッテは思わずといった感じで、おかしそうに笑いを零《こぼ》した。

「ど、どうしたのですか、お姉様？」

フローラが困惑して笑う理由を姉に尋ねた。

「いいえ、何でもないわ。確かに、スズネさんの言う通りだと思っただけよ」

クリスティーナはゆっくりとかぶりを振って――、

(そうよ。ロダニアから脱出《だっしゅつ》する時も、彼が私達を助けてくれた……)

つい先日、アルボー公爵《こうしゃく》の部隊にロダニアを占領《せんりょう》されたときのことを思い出した。ガルアーク王国へと避難《ひなん》するために魔道《まどう》船へ向かう時も、魔道船に乗ってからロダニアを去る時も、リオの助けがなければ脱出は叶《かな》わなかっただろう。どうして脱出できたのかわからないほどの幸運が重なったとは思っていたが、そうではなかったのだ。

「まったく、貴方《あなた》はハルトさんのこととなると……」

サラもやれやれと笑《え》みを覗《のぞ》かせる。

「とにかく、これだけは確かだよ。私達が忘れている間も、お兄ちゃん達は私達のことを覚えていて、ずっと守ってくれていたの。そして今も守ってくれている」

ラティーファは自分達が記憶《きおく》を失っている間の状況を、的確に推察してみせた。自分の胸元に手を添え、リオがいる空をまっすぐと見上げる。すると――、

「ええ、そうよ。聖女エリカ。彼女《かのじょ》との戦いで、ハルトとアイシアは私達を守るためにとても危険な力を使ったの。その代償に自分達の存在が忘れ去られることになってでも、私

達を守ろうとしてくれた。うぅん、守ってくれた。だから、私達は今ここにこうして立っている」

と、セリアは皆に打ち明けて、ラティーファの推察が正しいことを明かした。

「そんな……、そんなのって……」

フローラが悲しそうに口許《くちもと》を押さえる。いや、フローラだけではない。他の者達も、胸を締《し》め付けられたような顔になった。

だって、みんなを守る代償に自分の存在を消し去ることが要求されるなんて、あまりにもひどいではないか？　リオとアイシアはいったいどれほど寂《さび》しい思いをしているのだろうか？　それを想像したのだ。

「……でも、悲しんでいる場合じゃないよ！　せっかくお兄ちゃんのことを思い出せたんだもん。ちゃんと、笑顔《えがお》でお帰りなさいって言ってあげないと……！」

それで、リオ達のことを喜ばせたい。もう寂しい思いなんかさせたくないと、ラティーファは決然と語った。

「そうね。みんなが自分達のことを思い出したって知ったら、すごく喜ぶと思うわ。戦いが終わったら、みんなで驚《おどろ》かせましょう」

セリアは優《やさ》しくラティーファの頭を撫《な》でて同意する。そうして、一同はリオ達とゴーレムの戦いの行く末を見守るのだった。

◇　◇　◇

リーナが王都に新たな大規模魔術を発動させた直後。

リオは王都の上空に浮かぶ魔術陣を、不思議そうに見上げていた。ゴーレムも同じく頭上が気になっているのか、警戒しているのが窺《うかが》える。

（これは……、どんな魔術なんだ？）

リオもまったく知らない魔術だった。というより、術式が複雑すぎて、外から観測しているだけではどういう魔術なのかまったく検討がつかない。ともあれ――、

（アイシア、これがセリアの言っていた魔術なんだよね？）

リオはアイシアに確認《かくにん》する。

（たぶん）

伝言によれば、合図があり次第、権能を使ってゴーレムを倒《たお》せということだった。

（なら、あとは権能を使って倒すだけか……）

このまま権能を使わず戦闘《せんとう》を継続《けいぞく》すべきか、リオの顔にわずかな悩《なや》みが滲《にじ》む。だが、全

身から光のエネルギーを放出した状態になったことで、おそらくゴーレムの戦闘能力は先ほどまでよりも上がっている。

リオも同化の度合いを上げればさらに戦闘能力は向上するだろうが、全力で同化した状態でどれだけ戦えるかもわかっていない以上、倒せども倒せども復活するゴーレムを相手に長期戦は避《さ》けるべきだろう。全力で同化した状態で権能を使わずに戦えば、リオが先に活動限界を迎える可能性もある。

（……そうするしかないと思う。でも、権能を使っていいのは二回まで）

アイシアも権能を使うことに同意した。権能を使うことで発生するリオへの負担を加味しても、早期に倒す方がリスクは少ないと判断したのだろう。

（わかった。ソラちゃんは……）

リオは離れた場所で浮遊《ふゆう》するソラを見た。ソラも同じく頭上の魔術陣が気になるのか、一時戦闘を中断して様子を窺っている。ソラと相対するゴーレムも同様だ。ソラがいるところまで、今のリオならその気になれば数秒とかからず移動できる距離だが――、

（なら、この隙《すき》に……）

超越者《ちょうえつしゃ》には自らの眷属《けんぞく》を呼び寄せる力がある。リオは眷属の召喚《しょうかん》を念じることで、ソラをすぐ傍《そば》に呼び出した。すると――、

「竜王様《りゅうおう》！」

ソラがリオのすぐ傍に現れる。

「ソラちゃん。早速《さっそく》だけど、これから権能を使ってこいつらを倒そうと思う」

リオはすぐ本題を告げた。

「……ソラもそれしかないと思っていました。こいつらは魔力がある限り復活し続けるので、倒しても倒してもキリがないです」

「なるほど。だから内包する魔力だけを権能で消滅《しょうめつ》させればいいのか……」

「竜王様の権能で倒せない相手はいないですよ」

ソラはふふんと、誇《ほこ》らしげに胸を張る。

「でも、権能を使うのは二回までに留《とど》めた方がいいらしい。無駄《むだ》打ちはできないから、手伝ってもらってもいいかな？」

もし行使した権能を二回とも外してしまえば、倒せなくなったゴーレムを野放しにすることになりかねない。だから、絶対に外すわけにはいかなかった。使う以上は、必ず命中させる必要がある。

「もちろんです！　なんなりとご命令ください！」

ソラはとんと音を立てて胸を叩《たた》いて頷《うなず》いた。

「確実に権能を命中させたい。ゴーレムの動きを止めるだけの攻撃を放ってくれるかな？その隙に俺《おれ》が仕留める」

リオが権能を使ったことがあるのは、まだ一度だけだ。おそらくだが、権能を使う際はわずかな溜《た》めが必要になる。ゴーレムほど早く動ける敵を相手に命中させるのなら、動きを止めるなり隙を作っておくのが望ましい。

「お安い御用《ごよう》です。このソラにお任せください。竜王様とソラの二人なら、こんなポンコツ共に負けっこないですよ」

と、ソラが自信満々に言うと――、

（私もいる）

アイシアがすかさず、リオに念話で呼びかけた。

「あはは、だね。アイシアが三人だって言っているよ」

リオは笑って、同化しているアイシアの声を代弁した。

「むう、アイシアめ……」

ソラは小さな風船みたいに、ぷくっと頬《ほお》を膨らませる。

「なら、ここからは三対二で戦った方が良さそうだね。一体ずつか、二体まとめて倒すかは戦ってみて次第だけど……」

「承知しました。とりあえずあっちにいるもう一体を、ソラが引きずってくるです」

ソラは右腕《みぎうで》を回しながら、離れた位置にいるゴーレムを見据《みす》えた。しかし、そのゴーレムが先に動き出した。移動したソラを倒そうと、飛翔《ひしょう》を開始して自らリオ達に近づいてくる。その身は先ほどまでと同様、光のエネルギーを放出していて――、

「はっ、連れてくるまでもなくのこのこ来やがったですよ！」

ソラも全身からゴーレムと同様のエネルギーを放出し、応戦を開始した。迫《せま》りくるゴーレムに対し、自らも真っ向からぶつかりに行く。互《たが》いの拳がぶつかり合うと、凄《すさ》まじい衝《しょう》撃波《げきは》が迸《ほとばし》り――、

「っ……！」

その余波がリオにまで届く。

（すごいな、ソラちゃんは……）

その強さに、頼《たの》もしさを感じ――、

（俺達《おれたち》も負けていられないね。アイシア、同化の度合いを……）

（うん、さらに上げる）

リオとアイシアも負けじと、同化の度合いを強めた。そして――、

「……ん？」

リオは一度、屋上庭園にいる者達の様子を一瞥《いちべつ》した。この状況《じょうきょう》だと、リオはまだラティーファ達が記憶を取り戻したことはわかっていない。

ただ、自分達を見上げてくる視線や表情に妙《みょう》に熱がこもっているような気がして、ちょっとした違和感《いわかん》を抱《いだ》いた。

とはいえ、今は戦闘中だ。あまりそちらに意識を割くわけにもいかず、すぐに視線をゴーレムに戻す。と――、

（来るっ！）

もう一体のゴーレムが、リオに向かって攻撃を仕掛《しか》けてきた。どうやら全身から放出しているエネルギーを推進力に変えているようだ。攻撃力と防御力だけではなく、速度もさらに上がっていた。だが――、

「っ……」

リオも同化の度合いを上げたことで、さらに速度を上げている。ゴーレムの突進《とっしん》にも見事に反応し、衝突《しょうとつ》を回避《かいひ》した。

ゴーレムは通過するや否《いな》や強引に反転し、再びリオに襲《おそ》いかかる。リオも精霊術で剣《けん》に強力な光のエネルギーを纏わせ、タイミングを合わせて斬《き》りかかった。しかし、ゴーレムはエネルギーを放出している爪《つめ》で、リオの斬撃《ざんげき》を受け止める。

瞬間、リオは剣に込《こ》めた魔力を増加、圧縮させて、威力を強化しようとする。すると、ゴーレムも爪に込める魔力を増加、圧縮させて、すかさずリオに対抗《たいこう》してきた。

リオは即座に後退してゴーレムから距離《きょり》を取る。手にした剣の刀身から溢れるエネルギーは火花を散らしていて……。

リオは弓でも引いたみたいに、急加速してゴーレムに迫り直した。剣を振《ふ》るって、ゴーレムの胸元《むなもと》を水平に一刀両断しようとする。

だが、ゴーレムは仰向《あおむ》けの姿勢になって、リオの斬撃をスレスレの位置で回避した。そのままタイミングを合わせて身体を回転させ、腕《うで》を振るってリオを薙《な》ぎ払《はら》おうとする。しかし、リオも一気に急上昇して、攻撃《こうげき》の範囲外《はんいがい》へと逃《のが》れた。

リオは宙空で姿勢を制御《せいぎょ》して空中で逆さまの姿勢になると、今度はゴーレムめがけて急降下を開始する。が、ゴーレムはリオから距離を取ろうと、飛翔を開始した。リオはすかさずゴーレムを追いかける。

（戦いながらでも権能は発動できそうだけど……）

やはり一対一で真っ向から戦っている状態で権能を命中させるのは難しそうだと、リオは実感する。あわよくば権能を使うつもりで隙を探《さぐ》っているが、確実に命中させられそうな瞬間がないからだ。

（たぶん、発動した権能を維持《いじ》できるのは極《ご》くわずかな時間だ）

人が身体の動かし方や呼吸の仕方を感覚で理解しているのと同じように、リオは竜王から継承《けいしょう》した『消滅』の権能を感覚的に理解している。

すなわち、消滅の権能は光として具象化する。例えば、霊装《れいそう》の剣に権能の光を纏わせたまま対象を斬ってもいいし、光を武具など任意の形にして操ることもできてしまうだろうし、広範囲《こうはんい》に放出して照射することも可能だろう。

しかし、権能の詳細《しょうさい》なスペックについては正確に検証し切れているわけではない。なにしろ行使すれば同化した状態でも死にかねないほどに危険な力だ。安易な試し打ちをすることはできていなかった。

（こっちの一撃《いちげき》を警戒しているみたいだし、ゴーレムの速度だと広範囲に照射しても権能の範囲外に逃れられる恐《おそ》れがある。やっぱりソラちゃんに手伝ってもらうのが確実だ。こいつが逃《に》げ回っている間に……）

リオはそう判断して、近くでもう一体のゴーレムと戦うソラを見た。

「おい、こらっ！　お前、殴《なぐ》り合いから逃げるなです！」

ソラとの真っ向からの肉弾戦《にくだんせん》はやはり不利と判断したのか、もう一体のゴーレムもソラから距離を取ろうとしているが――、

（よし……！）

リオは急加速して、ソラと戦うゴーレムの背後に回り込んだ。エネルギーを纏《まと》った剣を振るって、ゴーレムを両断しようとする。だが、ゴーレムはすぐにリオが近づいてきたことに気づいて、回避行動をとった。

（このタイミングで避けるか。けど……！）

剣の間合いからぎりぎり外に逃れたのは、見事としか言いようがない。だが、狙《ねら》いは二対一の状況を一時的にでも作ることにある。その目論見《もくろみ》は見事に成功し――、

「竜王様！」

ソラはゴーレムが回避した先に突《つ》っ込んでいった。

すると、流石《さすが》にゴーレムの反応が遅《おく》れる。回避は不可能と判断したのか、ゴーレムは全身から放出しているエネルギーを咄嗟《とっさ》に両腕《りょううで》に集約させた。そしてクロスを組んで、ソラの一撃に対して防御態勢を取る。果たして――、

「はあああっ！」

ソラは全身に纏っていたエネルギーを竜人《りゅうじん》の拳に集約させ、クロスを組んだゴーレムの両腕に渾身《こんしん》の一撃をぶち込んだ。

直後、まるで隕石《いんせき》でも落下したような轟音《ごうおん》と衝撃《しょうげき》が迸る。ソラの剛力《ごうりき》に押《お》され、堅牢《けんろう》な

ゴーレムの身体がぐぐっと押し込まれていく。

ゴーレムが集約させたエネルギーの波動は障壁《しょうへき》の役割を果たしたらしいが、完璧に威力を消しきることはできなかった。防御《ぼうぎょ》した両腕は粉砕《ふんさい》され、粉々に吹《ふ》き飛んで宙空で消滅していく。

両腕を失ったゴーレムは早速、修復を開始した。そのまま脅威《きょうい》であるリオとソラから離れようと、刃《やいば》の羽根をばらまきつつ、飛翔を開始するが――、

「させるかですよ！」

ソラもわかっていたと言わんばかりに、先んじて飛翔を開始していた。リオはソラが移動しやすいように、静止したまま光球を放って刃の羽根を牽制《けんせい》した。

すると、放置されていたもう一体のゴーレムが、ここぞとばかりに動く。数多《あまた》の光球の操作に集中するリオの死角を突いて、本体自らが殴らんと急接近していった。だが、それを見越《みこ》していたと言わんばかりに――、

（来たか）

リオは接近してくるゴーレムに向き直った。そして手にした剣を構える。瞬間《しゅんかん》、刀身に纏わせていたエネルギーがぶわりと膨れ上がった。ゴーレムはリオから数十メートルは離れた位置にいるので、完全に間合いの外だが……。

リオは接近してくるゴーレムに向けて、剣を振るった。刀身から溢《あふ》れ出ていた光の奔流《ほんりゅう》はエネルギーの斬撃と化し、広範囲にわたって拡散される。直撃《ちょくげき》してはダメージを喰《く》らうと判断したのか、ゴーレムはすかさず大幅《おおはば》な軌道変更《きどうへんこう》をして斬撃を躱《かわ》した。

(よし)

わずかな時間稼《かせ》ぎができた隙に、リオは再びソラに意識を向ける。ソラは肉弾戦を仕掛け、両腕を失ったゴーレムを見事に圧倒《あっとう》していた。両拳《りょうこぶし》に火花を散らした暴走寸前のエネルギーを集約させて、ゴーレムの装甲《そうこう》を削《けず》り取っている。

修復が追いつかなくなったゴーレムの動きはすっかり鈍《にぶ》くなっていた。放置すればその瞬間、修復して活動を再開するのが厄介《やっかい》なところだが――、

「ソラちゃん、そいつから先に片付けよう!」

この隙を逃すわけにはいかない。

「はい! このままこいつの動きを封《ふう》じます!」

いつでもどうぞと、ソラは拳を振るいながら応じた。それで――、

(アイシア!)(うん)

リオは『消滅』の権能を発動させるべく、意識を集中させた。すると、剣の表面が光を帯びていく。先ほどまでの戦闘でもリオは剣に光のエネルギーを纏わせていたが、それと

は明らかに異質な輝《かがや》きを放つ光だった。まるで光の部分だけ存在がこの世からくり抜かれたように、剣が真っ白なシルエットの光を帯びている。

「っ……」

権能を纏わせた剣は不思議なほど手に馴染《なじ》むが、ずっしりとした重さを感じた。発動させたといっても消滅させる対象を指定しているわけではないので、言うならば省エネの待機状態なのだが、長く維持するのは難しそうだ。

おそらくはもって二十秒未満だろう。その間に権能を正式に行使しなければ、一回分を無駄打ちしたのと同じだけの負荷《ふか》がかかる。

(やっぱり権能を発動させる瞬間は隙ができる)

動き回りながら発動させるのは少しきついかもしれない。ソラに手伝ってもらっていてよかったと、リオは深呼吸をしてコンディションを整えた。そして——、

(……襲ってこないのか?)

リオは完全に放置しているもう一体のゴーレムを一瞥する。明らかな隙を晒《さら》している状態だから、再び襲いかかってきてもおかしくはない。というか、襲いかかってこようとはしていたのだが、どういうわけか急停止している。

どうやらリオが権能を発動させようとしていることに気づいて警戒《けいかい》したらしい。それが

竜王の権能だと理解しているのかどうかはともかく、自分の天敵となる力であることは見《み》抜《ぬ》いたのかもしれない。

（まあいい、チャンスだ）

とにかく、時間がない。既《すで》に権能を発動させた以上、余計な事を考える余裕《よゆう》はもうなかった。権能を行使可能な回数は二回と言われている。一発たりとも外せない以上、リオはただ確実に権能を命中させることだけを考えた。

「ソラちゃん！　そいつの身体をこの剣で貫《つらぬ》く！」

リオが剣を構える。

「はい！」

この時点で、権能を行使可能な状態は体感で残り十秒強。ソラと相対するゴーレムはいまだ両腕を修復できておらず、全身がぼろぼろになっていた。それでも、リオの剣が危険だと判断したのか、逃走《とうそう》しようとするが――、

「逃がすか、ですよ！」

ソラがすかさずゴーレムの尻尾《しっぽ》と脚《あし》を掴《つか》んで引き寄せた。拘束《こうそく》されたゴーレムは身動きが取れず、空中で静止する。

瞬間、リオは急加速して、ソラが制圧しているゴーレムに迫った。

果たして――、

「はあっ！」

リオが握《にぎ》る剣は、人の身体でいうところの心臓部へと、何の抵抗《ていこう》もなくするりと吸《す》い込まれた。瞬間、ゴーレムの瞳《ひとみ》から光が消えていく。

消滅の権能はリオが思《おも》い浮かべた対象だけを消滅させることができる。リオはゴーレムが内包する魔力《まりょく》だけを消滅させようと、消滅の権能を発動させた。リオが握る剣の輝きは増していき――、

「…………」

剣に宿る光がゴーレムへと伝播《でんぱ》し、真っ白に塗《ぬ》りつぶしていく。白いシルエットになったゴーレムは時が止まったみたいに、動きが完全に止まっていた。

それから、リオが握る剣から輝きが消えると、ゴーレムを包み込んだ光もフッと消失する。そして、ゴーレム本体も跡形《あとかた》もなく消失していた。代わりに、ゴーレムの核《かく》である球体が浮かんでいたが、そのまま地上へ落下し始め――、

「っ、《保管魔術《ストレージ》》……！」

リオは咄嗟に時空の蔵《くら》を使用して、ゴーレムの核を収納した。

「お見事です！」

ソラが歓喜《かんき》の声を上げる。

「ありがとう。残りは一体だ、っ……」

まだ油断はできない。リオが残る一体に視線を向けるが、その瞬間、重さを感じたみたいにぐらりと姿勢を崩《くず》した。

「竜王様⁉」

ソラが慌《あわ》ててリオに寄り添《そ》う。

「大丈夫《だいじょうぶ》。一瞬《いっしゅん》だけ、ふらついただけだから。それより、残り一体だ」

リオは苦しさを誤魔化《ごまか》すように笑みを浮かべて姿勢を制御すると、残るゴーレムを見据えた。

状況は完全な二対一となり、形勢はリオとソラに傾《かたむ》いている。しかし、だからといってまだ油断はできない。権能を行使しても問題がない回数は残り一回。いまだ一発も権能による攻撃を外せない状況に変わりはないのだ。とはいえ――、

「…………」

自分が不利な立場に置かれたことは、ゴーレムも理解したのだろう。リオが今しがた使った消滅の権能が、ゴーレムの天敵となる力を秘《ひ》めていることも把握《はあく》したはずだ。だからか、ゴーレムは無闇《むやみ》に攻《せ》め込まず、リオとソラから距離を保って沈黙《ちんもく》していた。

「竜王様はこの場で少しお休みください。残る一体はこのソラが捕縛《ほばく》してきます」

ソラがそう言いながらリオの前に出て、ゴーレムの矢面《やおもて》に立つ。すると、ゴーレムが光の翼《つばさ》を広げた。同時に、刃の羽根もリオとソラに対して一斉《いっせい》に射出する。

「はっ、今さらそんな一時凌《しの》ぎで！　竜王様とソラをどうにかできると思うなです！」

ソラは大きく口を開け、ブレスを吐《は》こうと魔力を溜めるが――、

「っ……⁉」

リオとソラの顔色が変わった。ゴーレムが光の翼を広げたまま、遥《はる》か眼下にそびえるガルアーク王国城へと身体の向きを変えたからだ。

ゴーレムは光の翼から、大量の光槍《こうそう》を放出した。その狙いは明白で、屋上庭園にいる者達を爆撃《ばくげき》するつもりなのだろう。光槍のサイズは直径一メートル程度だが、着弾《ちゃくだん》すれば強い爆発《ばくはつ》を引き起こす威力《いりょく》が秘められている。

いまリオ達の前にいるゴーレムは、レイスが二番目に投入したゴーレムだ。その目標は王城の屋上庭園にいる者達の命を奪《うば》い、邪魔《じゃま》する者がいれば排除《はいじょ》することにある。おそらくはこのままリオとソラと戦っても、押し切られて負けるだけだと判断したのだろう。それで、少しでも目標達成の確率を上げるため、弱い者から狙うことにした。なりふり構っていないが、的確な状況判断ではある。瞬間――、

「っ！」

リオは急降下を開始した。

「竜王様っ！　くっ……！」

権能を使った反動で調子が悪そうなリオを一人で行かせることを不安に思ったのか、逡巡《しゅん》《じゅん》するソラ。だが、ゴーレム本体をこのまま放置してもまずいと思ったのか、制圧しようと迫った。しかし――、

「あ、お前、このっ……！」

ゴーレム本体もリオを追いかけるべく、降下を開始する。それで仕方なく、ソラも軌道《きどう》を変更《へんこう》して降下を開始した。

「っ……」

させるものかと、リオは全力を絞《しぼ》り出して加速していく。降下する速度は、瞬《また》く間《たま》に音速に到達《とうたつ》しようとしていた。だが――、

（くっ……）

光槍の速度が、さらに速い。リオ達がゴーレムと戦っていた場所は、高さ二キロメートル近かった。初速から音速で降下したとしても、五秒はかかる位置だ。今の速度のままでは間に合わないと、リオは悟《さと》ってしまう。

もちろん、セリアやサラ達が協力して障壁を張れば、光槍の十発や二十発程度なら問題なく耐《た》えられるだろう。しかし、ゴーレムがわずかな間で放出した光槍の数は、百近くに及《およ》んでいる。その半数近くがセリア達の密集している位置へ、正確に降り注いでおり、残りも逃げ場《ば》を奪うように周辺へ降り注いでいる。

となれば、よしんばセリア達が光槍を防げても、城が耐えきれずに崩壊《ほうかい》してしまうはずだ。足場を失って落下死する者が現れるかもしれないし、城の中にいる者が瓦礫《がれき》で圧死してしまうことも容易に想像がつく。

着弾まで、残り二秒あるかないかという最中で、気がつけば、時間が流れていくのをどんどん遅《おそ》く感じていて――、

(駄目《だめ》だ、間に合わないっ……！)

大切な誰《だれ》かが死んでしまう姿が、リオの脳裏《のうり》をよぎった。追いつけないのは仕方がないと、運良く犠牲者《ぎせいしゃ》が一人も出ないことを祈《いの》るしかないと、諦《あきら》める以外の選択肢《せんたくし》はないと、嫌《いや》でも理解させられてしまう。

だが、諦めるしかないのか？

本当に、見ていることしかできないのか？

(嫌だ！)

リオは諦めたくなかった。

見ているだけは、嫌だった。

だから――、

「っ！」

リオは、限界を超《こ》えた。

同化の度合いの最大であるはずの百％。

その壁《かべ》を、自らの意思で強引《ごういん》に超えた。

（春人《はると》、駄目!?）

アイシアの焦《あせ》る声が聞こえた。

だが、その瞬間――、

（守る、絶対に……！）

リオの身体は人以外の何か高次の存在へと完全に到達した。肉体という重たい枷《かせ》から解き放たれて、発光するエネルギーのように身体が揺《ゆ》らいでいる。すると、速度が爆発的《ばくはつてき》に急上昇《きゅうじょうしょう》した。

おかしなことに、空気抵抗をまったく感じない。そうして、リオはゴーレムの光槍よりもさらに速く、まさしく雷《かみなり》の如き速さで、屋上庭園へと向かうのだった。

◇　◇　◇

時はほんの数秒だけ遡《さかのぼ》る。ゴーレムが放った光槍は、屋上庭園からだと光の雨が降り注いでいるように見えた。

「何、あれ……？」

ラティーファがきょとんとした顔になる。

他の者達も、不思議そうに空を見上げているが――、

「っ、いけない！　みんな、障壁を！」

オーフィアが血相を変えて叫《さけ》んだ。だが、その時点では既に光槍ははっきりとその形を識別できるほどの距離まで迫っていた。

「《術式八重奏《オクテットマジシャン》・魔力障壁魔法《マジックバリア》》」

（駄目、一瞬だとコレだけの数しかっ……）

セリアが自分達を覆《おお》うように、魔力障壁《まりょくしょうへき》を展開する。だが、降り注いでくる光槍の数を考えると心許《こころもと》なかった。その直後のことだ。

「っ……⁉」

リオが全身を発光させながら、セリアが展開させた障壁の真上に舞《ま》い降《お》りた。瞬間移動でもしてきたのかと思うような登場をしたので、皆《みな》、驚いて目を丸くする。

（権能は使えない。なら……！）

リオは頭上から迫りくる光槍を余すことなく視界に収めると、自らの周りに降り注いでくる光槍と同じだけの数の光槍を浮《う》かべた。威力もゴーレムが射出したものとすべて同等のものだ。そして、それらを――、

「っ！」

一斉に射出した。直後、リオが放った光槍はゴーレムが放った光槍と衝突していき、目映《まばゆ》い光を放出させながら続々と爆発を起こしていく。

頭上から降り注いでくる百近い光槍を余すことなく補足し、そのすべてを点で捉《とら》えて撃《う》ち落とすなど、完全に人の域を超えた離《はな》れ業《わざ》だ。身体強化をした人の脳であっても、認識《にんしき》して処理しきれるものではない。だが、今のリオにはそれができた。

「な……、っ⁉」

皆、頭上で幻想的《げんそうてき》に輝く爆発を眺《なが》めながら、呆《ほう》け顔で息を呑《の》む。しかし、ゴーレムが遅れて降下してくる姿が、皆の視界に映った。その少し後ろにはソラの姿もある。

「…………」

リオは無言のまま、頭上のゴーレムに向けて左手をかざした。直後、追加で四本の光槍が出現して、ゴーレムに向かって飛び出した。そして――、

「っ……！」

四本の光槍が、ゴーレムの両腕と両脚《りょうきゃく》を的確に貫いていた。その衝撃で、ゴーレムが大幅に減速すると――、

「はああっ！」

ソラがゴーレムに追いつき、背中から思い切りぶん殴った。直後、全身にエネルギーを纏って防御力《ぼうぎょりょく》を高めたゴーレムの胴体《どうたい》が、ひしゃげて上下に分断される。ソラはそのまま残ったゴーレムの頭部を掴むが――、

「むっ⁉」

ゴーレムの頭は精霊《せいれい》が霊体《れいたい》化するみたいに、光の粒子《りゅうし》と化して消えていった。一方で、下半身は元気に飛んで、リオとソラから距離を取ろうと逃走し始める。態勢を立て直すつもりなのだろう。失った上半身の修復も開始していた。

「ちっ」

ソラはすかさず下半身へ向かおうとするが――、

「ソラちゃん！　ありがとう、後は俺が！」

リオがソラに待ったをかけた。

「はい！」

ソラはすぐに力強い返事をする。そうしている間にも、ゴーレムはリオから数百メートルは離れた位置まで退避《たいひ》していた。失った装甲の実体化も胴体部分まで進んでいる。しかし——、

「逃がすと思うか？」

リオが一瞬でゴーレムに追いついていた。修復したゴーレムの胴体を逃がすまいと左手で掴む。右手には剣を握り、権能を発動させている。

瞬間、ゴーレムは尻尾を振るって、リオの心臓を突き刺《さ》した。だが——、

「…………」

リオは苦しい表情一つ見せない。そもそも物理攻撃がまるで効いていないのか、尻尾が貫通《かんつう》した箇所《かしょ》からは、血の一滴《てき》すら流れていなかった。

「……終わりだ」

リオは権能を発動させた剣を、修復したゴーレムの身体に突き刺す。すると、頭部まで修復が完了《かんりょう》していたゴーレムの動きが、完全に止まった。リオの剣に宿る白光が、ゴーレムの身体を侵食《しんしょく》していく。

そして、権能の発動が終わると、ゴーレムの胴体は綺麗《きれい》に消失した。ゴーレムの尻尾に貫かれたリオの胸元にはぽっかりと穴が開いていたが、一瞬で綺麗に修復されていく。ゴーレムの核である球体が残り、落下を開始した。

「《保管魔術《ストレージ》》」

ゴーレムのコアを、すかさず時空の蔵で収納する。それから――、

「…………」

リオはお城の屋上庭園に着地していたソラのもとへと、一瞬で戻《もど》った。その速度はまさしく稲妻《いなずま》の如き。急にまたリオが戻ってきたので――、

「っ!?」

皆、ありありと目を丸くして驚く。

「……っ？」

リオは同化の度合いを弱め、手にしていた霊装の剣も消失させた。瞬間、一気に肉体の重さを感じて、軽くふらつきかけたが――、

「……行こう、ソラちゃん」

超越者の自分がこの場に長居するわけにはいかない。そう思ったのか、リオは気合いで踏《ふ》ん張った。そして皆のことを名残惜《なごりお》しそうに見回してから、すぐにその場を立ち去ろう

とする。しかし――、

「ま、待って！」

ラティーファが叫んだ。

「……？」

リオが釣《つ》られて顔を向けると――、

「お兄ちゃんっ！」

ラティーファがリオに駆《か》け寄って、勢いよく抱きついた。

「え……？」

リオはきょとんとした顔になる。

「お兄ちゃん！　お兄ちゃん、お兄ちゃん……！」

リオを逃がすまいと、リオのことをもう忘れまいと、ラティーファは涙《なみだ》ぐみながら力一《ちからいっ》杯《ぱい》にリオを抱きしめた。

「どうして……？」

思い出しているのか？

リオは仮面の下でありありと目を見開いて、息を呑んだ。

（神のルールは……？）

すぐにその疑問が浮かぶが――、

(いや、そういうことか。魔術が発動するまで権能を使うのを待てと言ったのは……)

この結界の中でなら、神のルールをすべて無効化できるからではないか? リオはようやくそこまで推察した。そして――、

「……そうか。思い出してくれたのか」

リオは口許《くちもと》を柔《やわ》らかくほころばせ、嬉《うれ》しそうにラティーファを抱き寄せる。

「思い出した! 思い出したよ! お兄ちゃん! ごめんなさいっ! お兄ちゃん、ごめんなさいっ!」

ラティーファはもう感情が堰《せき》を切るのを抑《おさ》えきれなかった。

「どうして、ラ……、スズネが謝《あやま》るんだよ?」

久々だからついラティーファと呼んでしまいそうになり、リオは嬉しそうに微笑《ほほえ》む。しかし、謝られる理由についてはわからず、困り顔で問いかけた。

「私、お兄ちゃんのこと忘れちゃっていたから! お兄ちゃんなのに、私のお兄ちゃんなのにっ……!」

ラティーファはわんわんと声を上げて泣きながら、謝る理由を語る。リオに抱きつく力を強めて、その胸元に顔を埋《うず》めた。

「そんなことか……。いいんだ、仕方がないことだから。大丈夫だよ」

だから、そんなことは気にしなくていいと、リオは優《やさ》しく言い聞かせる。

「仕方なくなんかないよ！」

ラティーファはすかさず反駁《はんばく》するが――、

「それでも、仕方がないことなんだ。それに……」

リオはそう言いながら、ラティーファの顔を両手で固定した。そして至近距離《しきんきょり》からじっと妹の顔を見つめる。

「……な、何？　それに、って……」

ラティーファはドキッとしたように、顔を赤くした。

「ちゃんと俺のことを思い出してくれただろ？　すごく嬉しいよ。ありがとう」

リオはにっこりと、ラティーファに微笑みかける。それで、ラティーファはすっかり大人しくなって――、

「……う、うん」

熟《う》れた桃《もも》みたいに、その頬もいっそう真っ赤になるのだった。

兄妹《きょうだい》の感動の再会である。皆、今すぐにでもリオのもとに駆け出したいのだろうが、空気を読んで様子を見守っている。ソラも羨《うらや》ましそうに頬を膨《ふく》らませているが、ちゃんと空

気を読んで見守っていた。すると――、

「ご心配をおかけしましたね」

リオから皆に、語りかけた。

「ハルトさん……」

皆、嬉しそうに破顔して、ゆっくりとリオに近づいていく。

それで、皆も向き合うが――

「……お兄ちゃん、なんでそんな仮面を着けているの？　顔を見せて」

ラティーファが胸元からリオの顔を見上げてねだった。

「え？　ああ、そうか……」

そういえば着けっぱなしだったと、リオは仮面を手に取って外す。

隠《かく》されていたリオの顔が顕《あら》わになり――、

「っ……」

ラティーファ達《たち》は感極《かんきわ》まった顔になる。それで、皆から見つめられるのがなんだか気恥《きは》ずかしくて――、

「……あはは」

リオは困ったようにはにかんだ。

「……お兄ちゃん、泣いている？」

ラティーファが至近距離から、リオの顔を覗《のぞ》き込む。確かに、仮面を外して顕わになったリオの目尻《めじり》からは、一筋の涙が滲《にじ》んで頬《ほお》を濡《ぬ》らしている。

「……そうかな？」

リオは水気を感じた頬を、服の袖《そで》で拭《ぬぐ》ってとぼけた。

「そうだよ！　絶対泣いている！」

その涙はリオが自分達との再会を喜んでいる証拠《しょうこ》に他ならない。そう思ったのか、ラティーファは嬉しそうに断言する。

「……うれし涙かな。みんなとまたこうして会えたから……、それがすごく嬉しいんだ」

と、リオは素直《すなお》に心境を吐露《とろ》した。ただ、それでもやっぱり照れ臭《くさ》くはあるのか、皆を直視することはできなくて――、

（……権能を二回も使ったのに、壊《こわ》れていない？）

外した仮面に視線を向けて、怪訝《けげん》そうに眉《まゆ》を曲げた。

そういえば、二度目の大魔術が発動してから、仮面に負荷がかかる音が一切《いっさい》聞こえなくなっていた。やはり、今この王都を包み込んでいる結界には神のルールを完全に無効化する効果が秘められているらしいと、リオは判断する。

それで今度は頭上を仰《あお》いでみると、空に浮かんでいた巨大《きょだい》な魔術式はいつの間にか消えていた。だが、結界の効力はちゃんと残っているようだ。その証拠に、皆ちゃんとリオのことを覚えている。

と、そこで――、

「っと⁉」

ラティーファが無言で、リオの胸元をトンと頭で押してきた。余所見《よそみ》して考え事なんかしないで、私達のことをもっと見てと、無言で訴《うった》えている。

「あはは、ごめん」

リオはバツが悪そうに笑って謝罪し、ラティーファの頭を撫《な》でた。だが、その瞬間、視界が霞《かす》み――、

「っ……」

リオの身体がぐらりとふらついた。ラティーファを押し倒《たお》してしまってはいけないと思ったのか、後ろ向きに倒れようとすると――、

「お兄ちゃん⁉」「ハルトさん⁉」

ラティーファが咄嗟にリオの身体を抱き寄せる。それで、他の者達も慌ててリオに駆け寄るのだった。

◇　◇　◇

その頃《ころ》。リオやゴーレムが戦っていた場所よりも、さらに遥か上空で。

(やはり竜王《りゅうおう》の権能は恐ろしいですね。当時より弱体化しているようにも見えましたが、ゴーレム二体でどうにかできる相手ではありませんか……)

人知れずに事の顛末《てんまつ》を見届ける者がいた。レイスだ。

(それにしても、この結界の効果は……)

レイスが王都を包み込む結界を観察していると――、

「千年ぶりね、フェンリス」

少女の声が響《ひび》いた。

「……やはり貴方《あなた》でしたか」

レイスは声が聞こえた方向を見る。

そこには、一人の女性が浮かんでいた。

リーナだった。

だが、どういうわけか、今のリーナは美春《みはる》とは完全に別人の姿になっている。いや、この姿こそが賢神《けんじん》リーナの姿だったのかもしれない。

見た目の年齢《ねんれい》は二十《はたち》歳前後だろうか。これが女神《めがみ》と言われれば誰もが信じてしまいそうなほどに美しく、人形のような顔立ちをしている。

「お互いに昔と変わらず、息災だったみたいね」

と、リーナはひょいと肩《かた》をすくめて軽い挨拶《あいさつ》を投げかけた。

「……そのようですね。貴方はてっきり死んだものかと思っていましたが、まさか自ら姿を現してくるとは。いったいどういう用向きで？」

「もう隠しようもないもの。だから忠告を兼《か》ねて、不可侵《ふかしん》協定の申し入れをしに来たの。今後、ここには手を出さない方がいいってね」

「ほう……」

レイスは顔色一つ変えずに唸《うな》る。

「代わりに、こちらも迷宮《めいきゅう》への手出しはしないでいてあげる。もちろん、地上にいる彼《かれ》にもちゃんと徹底《てってい》させるわ」

リーナが一方的に協定の条件を通達すると――、

「こんな大それた結界魔術を展開してまで守りたい何かが、この土地にあると？」

レイスは眼下の王都を見下ろしながら、リーナに探《さぐ》りをいれた。

「あら、そうい う貴方だって、虎《とら》の子のゴーレム二体を投入してまで成《な》し遂《と》げたい何かが
この地にあったんでしょう？」

リーナは微塵《みじん》も表情を崩さず、問いを投げ返す。

「おや、こちらが保管しているゴーレムがあの二体だけとでも？」

「まともにスペックを引き出せていないようだったけどね。それに、こっちにも隠し球《だま》が
ないと思う？」

口調こそ互いに穏《おだ》やかで笑《え》みも浮かべているが、二人とも目は笑っていなかった。

（やれやれ、こちらの戦力はどこまで見抜かれているのやら）

レイスは内心で溜息《ためいき》をついてから、すっと目を細めた。

「なんならすぐにでも全面衝突《しょうとつ》といってみる？　こっちには最強の竜王と私がいるわよ。

今の貴方は相当弱体化しているようだけど」

「そういう竜王も千年前と比べると、だいぶ弱体化しているようには見えましたがね。貴
方もどうでしょうか？」

「あら、だとしたら貴方の目は節穴なんじゃない？」

「それはどうでしょう？」

レイスは再び王都に、というより、ガルアーク王国城に視線を落としながら――、

（確かに、最後に彼が見せた強さだけは超越者《ちょうえつしゃ》の名に恥《は》じぬものではありましたが）

現状でのリオの強さを見定める。地上ではちょうどリオが権能行使や強い同化の反動で苦しんでいるところだった。

（問題はこの女が、神が定めた法則を完全に無効化する術を見つけていることですね。おそらくはこの結界内限定なんでしょうが……）

千年間、ただ姿をくらませていたわけではない、ということだろう。すると――、

「準備が整っていないのはお互い様《さま》でしょう？」

と、リーナは見透《みす》かしたようなことを言う。

「……やはりこちらの計画はお見通しだと？」

レイスの目つきが剣呑《けんのん》な色を帯びる。今すぐ戦闘《せんとう》に入りかねないほどだ。

「ええ、千年前からね」

リーナは飄々《ひょうひょう》とした態度を崩さず、挑発的《ちょうはつてき》な笑みをレイスに向ける。

「……挑発には乗りませんよ。いかに貴方でも我々は変数となる存在だ。その未来を正確に予知しきることはできない」

レイスは溜息をついて、殺気を引っ込《こ》めた。

「どうかしらね？」

リーナは不敵に小首を傾《かし》げる。

「……まあいい。本当にただ忠告をしにきただけというのなら、私は退散させてもらうとしますよ」

「あら、この結界のこと、もっと観察しておかなくていいの？　探りを入れておきたいことも他にあるでしょう？」

「釘《くぎ》を刺しに来ておいてよく言う……。探りを入れておきたいのはそちらもご同様でしょう？　貴方を相手に無闇に情報を晒す愚《ぐ》は犯《おか》しませんよ」

レイスは鬱陶《うっとう》しそうに溜息をついて、さっさと帰りたい雰囲気《ふんいき》を醸《かも》し出した。

「まだ協定の返事をもらっていないけど？」

「今後、こちらがこの地に手を出さない限り、そちらも迷宮には手を出さないですか。まあいいでしょう。とりあえずは受け容《い》れておきますよ」

「そう。なら、協定の成立ね」

「では、私は失礼するとしましょう。《転移魔術《テレポート》》」

レイスは懐《ふところ》から転移結晶《けっしょう》を取り出すと、呪文《じゅもん》を詠唱《えいしょう》して早々に姿を消した。その場にはリーナだけが取り残され――、

「上手く誤魔化せたらいいのだけど……」

リーナは眼下のガルアーク王国城を見下ろしながら、左耳に着けていたイヤリングを外した。すると、リーナの全身が輝き、その外見が美春のものに戻っていく。

「《保管魔法《ストレージ》》」

美春は時空の蔵を所持していないはずだが、リーナは空間を操《あやつ》ってイヤリングを収納した。そして――、

「《転移魔法《テレポート》》」

リーナは転移の魔法を使用し、その場から姿を消したのだった。

◇　◇　◇

場所はガルアーク王国城の屋上庭園へと移り――、

「お兄ちゃん、大丈夫？」

ラティーファは急に後ろ向きに倒れそうになったリオをぎゅっと抱《だ》きしめて、とても不安そうに顔を覗き込んでいた。

「大丈夫だよ。ちょっと疲《つか》れただけだから」

リオはなんとか自分の力で立とうとする。だが、身体にまったく力が入らなかった。自

力で立とうとしても、身体が揺れてしまう。最初に同化した時よりも、身体の負担が大きいように感じていた。権能を二回も行使したからだろうか？　すると――、

「春人」

アイシアが実体化して、後ろからリオの身体を抱き支える。

「アイシアお姉ちゃん！」

ラティーファが破顔してその名を呼ぶ。

「アイシア様！」「アイシアさん」

屋敷《やしき》で一緒《いっしょ》に暮らすお馴染《なじ》みの面々が、皆でリオとアイシアを取り囲む。

「みんな久しぶり」

アイシアは皆の顔を見回しながら、柔らかく口許をほころばせた。彼女《かのじょ》にしては珍《めずら》しく嬉しそうだ。

「ふふ」

セリアもみんなの輪に加わりながら、嬉しそうに再会を見守っている。

「ふん、相変わらず美味《おい》しいところを持っていきやがって……」

弘明《ひろあき》もまた遠巻きに眺めながら、鼻を鳴らしていた。だが、この状況《じょうきょう》をちゃんと喜んではいるのか、満更《まんざら》でもなさそうだ。すると――、

「よろしいのですか？　ヒロアキ殿はあの輪に加わらず」

同じく遠巻きに眺めていたゴウキが、愉快《ゆかい》そうに弘明に問いかける。

「あ？　俺《おれ》はそういうガラじゃねえよ。そもそもそこまでアイツと親しかったわけでもねえ。そういう旦那《だんな》こそいいのかよ。あんたが仕えている主人なんだろ？」

「臣下だからこそ、後にするべきでしょう。それに、ハルト様は皆様《みなさま》から慕《した》われておりますからな。某《それがし》のようにむさ苦しい男はなおさら後回しでよいでしょう。ここは若者達に譲《ゆず》りませんと」

ゴウキは朗々と語って、呵々《かか》と哄笑《こうしょう》した。ガルアーク国王フランソワも、近くフッと笑って頷《うなず》いている。

「若者ってか、女だろ。けっ」

見目麗《うるわ》しい女の子達から引っ張りだこなリオに、弘明が視線を向けると――、

「沙月《さつき》さんは？　大丈夫でしょうか？」

リオが床《ゆか》に横たわる沙月を見て、その容態を尋《たず》ねていた。

「ええ。ハルト様が仰った通り、命に別状はないようです。既《すで》に傷口は塞《ふさ》がって、呼吸も安定しております」

シャルロットがリオに報告する。

「良かった。ありがとうございます、シャルロット様」

リオはほっと胸をなで下ろして礼を言う。

「……お礼を申し上げるのはこちらの方です。それよりご自分の心配をしてくださいな」

シャルロットはちょっと気恥ずかしそうに頬を赤らめてから、やれやれとリオの体調を心配する。

「あはは。本当に大丈夫ですから」

リオはバツが悪そうに苦笑《くしょう》して誤魔化そうとするが――、

「本当に無理はしない方がいい」

アイシアが後ろから、リオをギュッと抱きしめた。

「っ、アイシア！」

ソラが叫ぶ。リオを取り囲む輪の中には入っていけず、ちょっと居心地《いごこち》が悪そうに様子を窺《うかが》っていた彼女だが、後ろからリオに抱きつき続けるアイシアのことは流石《さすが》に見過ごせなかったらしい。

「お前の！　その、余計な！　胸の！　脂肪《しぼう》の！　塊《かたまり》を！　リオ様のお背中に！　押《お》し当てるな！　ですよ！」

ソラはリオを囲む皆の輪に割《わ》り込んで、強引にアイシアを引き剥《は》がそうとする。既に竜《りゅう》人形態《じん》は解除し、今はただの小さな幼女にしか見えなくなっていた。

「ちゃんと春人を支えてあげないと危ない」

「だったらソラがやるです！」

「ソラだと身長が足りない」

「そんなことないです！　ソラの方がお前より力はあるから適任ですぅ！」

などと、ソラは騒《さわ》がしくアイシアと張り合う。すると――、

「…………」

皆、ソラに対して強い好奇《こうき》の眼差《まなざ》しを向けた。

屋敷に暮らす者達とソラは初対面ではない。以前、ソラはセリアに連れられ、数日だけ屋敷で暮らしたことがあるからだ。神のルールによって屋敷の住人はその時の記憶《きおく》を保つことはできずにいたが、今はその記憶も復活しているはずだった。

とはいえ、ソラがリオと行動を共にするようになったのは、皆がリオに関する記憶を失った後だ。だから、皆はソラがリオやアイシアとどういう関係なのかをまだよくわかっていない。興味を持つのは必然だった。

するとソラが皆の注目を集めていることに気づいたらしい。大勢の人に注目されることには慣れていないのか――、

「な、なんです、お前ら？　見るなですよ」

ソラはリオの横に、ささっと隠れた。

「やっぱりソラちゃんだよね！　私のこと覚えている？」

ラティーファがソラの顔を覗き込む。

「あん？　お、覚えているですが……」

だから、何です？　と、言わんばかりに、ソラは人見知りっぷりを発揮した。

「私も覚えているよ！　また会えて嬉しい！」

ラティーファはにこっと微笑み、ソラにぎゅっと抱きつく。

「な、何をするですか⁉　くぅ、放せ！　放せです！」

ソラがじたばたもがく。

「あはは、暴れちゃ駄目だよ」

「こ、こら！　持ち上げるなですよ！　ソラを子供扱《あつか》いするなです！」

ソラならその気になれば簡単に力尽《ちからず》くで抜《ぬ》け出せるはずだが、無理には抜け出そうとはしなかった。抵抗《ていこう》が弱いのは遠慮《えんりょ》しているのか、あるいは本気では嫌がってはいないのかもしれない。

「ふふ、良かったわね、ソラ」

お友達が増えて――と、セリアは微笑ましそうに言う。

「何がですか⁉」

というわけで、ソラは早速《さっそく》、皆の輪に馴染んでいた。この騒がしい感じが、なんだかとても懐《なつ》かしい気がして――、

「あははは」

リオはおかしそうに笑う。そのおかげか、ようやく一人で歩けるくらいには元気も出てきた。ラティーファとアイシアから離れて、一人で立つと――、

（ん……？）

リオは懐に仮面をしまおうとして、自分の胸に手を触《ふ》れた。そういえば――、

（確かに貫《つらぬ》かれたはずだ……）

リオは先の戦闘中、ゴーレムの尻尾《しっぽ》で心臓を貫かれたことを思い出した。だが、リオの服には風穴が開いていない。おかしなことに、身につけている服もだ。

「どうしたの、お兄ちゃん？　やっぱり具合が悪い？」

ラティーファが不安そうにリオの顔を覗き込んでくる。

「いや、大丈夫《だいじょうぶ》だよ。陛下にご挨拶をしないとね。行ってくるよ」

リオはゆっくりとかぶりを振《ふ》ってから、国王フランソワに近づいていた。

「よくぞ戻ってきてくれた」

フランソワは口《くち》の端《は》を吊《つ》り上げて、力強くリオの帰還《きかん》を歓迎《かんげい》する。

「ご挨拶が遅《おそ》くなり申し訳ございません」

リオは胸元《むなもと》に手を添《そ》え、恭《うやうや》しくこうべを垂れようとするが――、

「よい。好きな体勢で、楽にするといい。なんなら寝転《ねころ》がっても構わんぞ？」

と、フランソワが冗談《じょうだん》交じりに手で制止する。

「恐《おそ》れ入ります。ですが、このままで大丈夫です。お話ししなければならないことも、たくさんございますから」

いったい何から説明したものかと、リオが苦笑交じりに言う。

「であるな。では、話をするとしよう。城内、いや、そなたの屋敷で、存分にな」

「……ありがとうございます」

その時のことだ。まるで天使が降臨するように、美春が光の翼《つばさ》を生やして空から舞い降りてきた。そのままリオ達の近くに着地すると、光の翼を消し去る。

「ミハル⁉」

「いったいどこで何を……？」

サラ達がぎょっとして駆け寄って、問いを投げかけた。扱えないはずの魔法を使いこな

してゴーレム相手に大立ち回りをして、かと思えば転移魔法を使ってどこかへ消えてしまったのだから、気にならない方がおかしい。

（……美春さん？　やっぱりリーナなのか？）

リオが首を傾げると――、

「…………」

美春は他の者達を無視して、まっすぐリオに近づいてきた。そして、リオの前で少しだけ減速すると――、

「えっ⁉」

可愛《かわい》らしい笑みを覗かせて、そのまま何も言わず前からリオに抱きついた。当のリオを含《ふく》め、誰《だれ》もがぎょっとするが、驚《おどろ》くのはこれからだ。

「っ……⁉」

美春はリオの顔を招き寄せて、少しだけ背伸《せの》びをして口づけをする。まさかキスされるとは思っておらず、リオは目を点にして硬直《こうちょく》してしまう。だが、美春の舌が口に入ってくるのを感じ――、

「っぅ……」

リオは慌《あわ》てて後ろに下がろうとした。

だが、美春がリオの首根っこにがっつり腕《うで》を回して放さない。それに、リオはまだ全然本調子ではなく、身体に上手く力が入らなかった。

「な、ななな っ……」

と、皆が驚愕《きょうがく》して凍《こお》りつく中で……。

美春の見せつけるように情熱的なキスは続く。だが、やがてリオの目に映る美春の瞳《ひとみ》から、光が抜け落ちていくのがわかった。すると――、

「え、えええええっ⁉」

皆、理解が追いつかずに絶叫《ぜっきょう》した。

直後、美春の瞳に再び光が灯《とも》り始めていき――、

「…………？」

美春はリオにキスしたまま、きょとんと小首を傾げる。

（……ハルトさん？）

美春もしっかり、リオのことを思い出していたが――。

（温かい……）

妙《みょう》に顔が近いな。夢でも見ているんだろうか。本当に綺麗な顔をしているなと、美春はとろんとした顔になった。しかし――、

「……んぁ？　んぇっ？」

やがてこれが夢ではないことに気づき、美春はもごもごと口を動かした。それで、リオに抱きついて、あまつさえ自分から口づけまでしていることに気づく。

しかも、ただの口づけではない。

ディープなやつだ。

（えっ、なんで⁉　どうして⁉）

ファーストキスなのに……。

いや、子供の頃にハルくんとしたことはあったけど……。

などと、完全にパニック状態だった。様々なことが矢継《やつ》ぎ早《ばや》に思《おも》い浮《う》かび、美春の頭の中は真っ白に塗《ぬ》りつぶされていく。

人は極限まで混乱すると、状況回避《じょうきょうかいひ》を忘れてしまうことがある。今の美春がまさにそれだった。リオにキスをしたまま、どうすればいいのかわからず、顔は真っ赤なのに動作はフリーズしてしまっている。

「す、すげえ。大人だな、美春姉ちゃん……」

雅人《まさと》は顔を真っ赤にしたまま、見たままの感想を口にした。

「ば、馬鹿っ、あんたっ！」

見ちゃ駄目《だめ》と言わんばかりに、亜紀《あき》は雅人の目を覆《おお》う。ただ——、

「…………」

リオにキスする美春のことを、ちょっとだけ複雑そうに見つめてもいた。

亜紀がリオと再会するのは夜会の時以来だ。しかも、今の亜紀はリオが前世で天川《あまかわ》春人であったことを知っている。こんな状況であっても、色々と苦い気持ちが押し寄せてくるのは、当然のことなのかもしれない。ともあれ……。

他の者達も次第《しだい》に硬直から解けていき——、

「ミハル⁉」

「ミハルさん⁉」

「ミハルちゃん⁉」

「アヤセミハルぅ！」

皆《みな》、声を揃《そろ》えて美春の名を叫《さけ》ぶのだった。

第六章 信用の置けない予言者

　ゴーレムとの戦闘が終わった後。一同はガルアーク王国城の屋上庭園から、お城の敷地《しきち》内《ない》にあるリオの屋敷へ移動した。フランソワだけはいったん城に残ったが、臣下に必要な指示を出し終えると、すぐに屋敷へ合流する。

　そうして、話し合いの席が設けられることになった。

　主な議題は二つだ。聖女エリカとの戦いで、最後に何が起きたのか？　どうして誰もリオとアイシアの事を覚えていなかったのか？

　とはいえ、神のルールは不確かな点が多い。超越者になったリオに関する記憶がどうして復活したのか、詳《くわ》しい理由が何もわかっていない現状においては、情報を共有する範囲《はんい》は限定しておくのが好ましいと判断した。

　だから、さしあたって情報を伝えるのは、屋敷で一緒に暮らす者達に限定し、それ以外だと国王フランソワ、リーゼロッテ、アリアだけに留《とど》めることにした。聖女エリカとの戦いの時、その場にいた者達だ。クリスティーナやリリアーナなど、ガルアーク王国に所属しない者にどこまで情報を開示するかは、国王フランソワの判断に委ねた。

ともあれ、リオは極一部の情報を伏《ふ》せ、教えた情報をみやみやたらと口外しないように念押《ねんお》しもした上で、既にセリアにしていたのと似た説明をすることにした。

すなわち、聖女エリカを倒すため、リオは超越者の力をアイシアと共に使ったこと。超越者の力を使った者は、神のルールによって世界の当事者として人々と関わる資格を除外されてしまうこと。特定の誰かではなく、世界全体の利益のためだけその力を行使しなければならないこと。それを徹底するべく、人々から存在を忘れられるようになってしまうこと。他にもソラがリオの眷属《けんぞく》であることなども伝えたが――、

「以上が、皆さんが記憶を失っていた理由です」

と、リオは説明を締《し》めくくった。

「…………」

ラティーファやサラ達は、とても息苦しそうな顔で沈黙《ちんもく》している。自分達がお城で平和に過ごしていた日常が、誰のどんな犠牲の上に成り立っていたのか、知ってしまったからだろう。胸が張り裂《さ》けそうで仕方がないようだ。

「ちなみに、城を襲《おそ》ってきたのはゴーレムといって、神魔《じんま》戦争の時代に賢神が開発した戦《せん》闘魔道具《とうまどうぐ》だそうです。それがどうして城を襲ってきたのかはわかりません。皆さんの記憶

がどうして復活したのかも含め、美春《みはる》さんなら何か知っていると思ったんですが……」

リオは美春を見る。だが――、

「……すみません。昨日の夜に寝《ね》た後から、まったく記憶がないんです」

美春はとても申し訳なさそうに謝って、頭を下げた。

というより、ひどく恥ずかしそうに顔を俯《うつむ》けた。自分の知らないうちにリオにキスしたことがまだ恥ずかしいのだろう。

「だとしたら、やっぱり賢神のリーナが美春さんの身体を操ったんでしょうね。記憶が復活したのは、おそらく王都を包み込んでいる結界が関係しているはず。ですよね？」

リオも少し気まずそうに美春から視線を外し、今度はリーナと一緒に結界を発動させていたというセリアを見た。

「それは間違《まち》いないと思います。けど、私も言われるままにリーナ様のお手伝いをしていただけですから、どういう結界なのかはわからないんです。途中《とちゅう》で地上に戻《もど》されちゃいましたし、あの場所への行き方もわかりません」

セリアも困り顔で情報を付け加える。

「なるほどな……。竜王や賢神の生まれ変わりなど、にわかには信じがたい話だが、理解はした。まさか城の地下にそんな場所があったとはな……」

思考を整理したいのか、フランソワは深く息をついて押し黙《だま》った。すると──、

「お兄ちゃん」

「ん？」

「お兄ちゃんは、これからどうするの……？」

ラティーファがリオの顔をじっと覗き込んで、とても不安そうに尋ねる。またリオがどこかへ行ってしまわないか、心配なのだろう。

「許されるなら、このままみんなと一緒に暮らしたいかな。この結界の中なら神のルールに縛《しば》られることもないみたいだし、今だけでも、この生活を続けたい」

超越者ではなく、リオとして、ハルトとして生きていたい。

リオは控《ひか》え目《め》に願いを口にした。

「いい、今だけじゃなくていい！　ずっと一緒に暮らそうよ！　どこにも行かないで！」

またリオが消えてしまうのではないか？　漠然《ばくぜん》とした不安に突《つ》き動かされたのか、ラティーファがやきもきして訴えかけた。だが──、

「……ずっとは、難しいかもしれない」

リオはわずかに逡巡《しゅんじゅん》し、ゆっくりとかぶりを振る。

「なんで⁉　どうして⁉」

「俺は……、今ここにいるハルトという男は、たぶん不安定な存在なんだ。結界の効果がいつまで維持《いじ》されるのかもわからない。明日にはまた、俺という存在がみんなの記憶から抜け落ちているかもしれない」

今の自分が置かれている状況を、リオははっきりと言語化した。伝えづらいことだが、きちんと伝えておくべきことだと思ったのだ。

「っ……！」

ラティーファだけではない。部屋にいるほとんどの者が、強い恐れや焦《あせ》りを表情に滲ませた。それで、あまりよろしくない雰囲気だと思ったのか――、

「そうならないかもしれないけど、いきなり知らない誰かが家にいたら怖《こわ》いだろ？」

と、リオが冗談めかして言葉を付け加えた。

「怖くない！　お兄ちゃんだったら怖くない！　もしまた忘れちゃっても……。だったら日記を書く！　お兄ちゃんのことを忘れないように、毎日毎日、私、何ページでも日記を書く！」

記憶を失っても大丈夫なようにと、ラティーファが予防策を口にするが――、

「それは、止めておいた方がいい。記録と記憶の齟齬《そご》が著《いちじる》しいと、ルールが発動した時にどういう負荷が脳にかかるかわからない。ただ矛盾《むじゅん》に違和感《いわかん》を覚えないだけなのかもしれ

ないけど……」

実際にどうなるかは、ルールが発動しなければわからない。リオは下手に対策を施《ほどこ》さない方がいいと、ラティーファに忠告した。

「……どうして？　ねえ、どうして……？　お兄ちゃんが目の前にいるのに……」

ラティーファはぽろぽろと涙《なみだ》を流し始め、わんわんと声を上げて泣きだしてしまう。

「スズネちゃん……」

隣《となり》に座《すわ》るリーゼロッテが、ラティーファの身体をそっと抱き寄せた。すると――、

「話はいったんお開きにするとしようか」

フランソワが腰《こし》を上げる。

「申し訳ございません」

「いや、差し当たって聞きたい話は聞けた。考える時間も欲《ほ》しいしな。また改めて……、いや、その改めての機会が当たり前にあると思わない方がいいのだろうな。だが、今この瞬間《しゅんかん》、確かにハルトという男は帰ってきたのだ。その喜びを分かち合うといい」

「……はい」

リオはフランソワの助言を噛《か》みしめるように頷く。

「では、昼に宴《えん》を催《もよお》すといいだろう。余も出席する。状況を説明しがてら、クリスティー

ナ王女やリリアーナ王女も招待しておくとしよう」

「ありがとうございます」

リオが立ち上がってフランソワに頭を下げた。そうして、この場はいったんお開きとなる流れになると――、

「……どうも。ちょうど話が終わるところですか？」

沙月《さつき》がダイニングに入ってきた。すぐ傍《そば》には沙月の警護と看護を任せていた者達《たち》の姿がある。ゴウキの従者としてヤグモ地方から同行してきた者達だ。

「沙月さん！」「もう大丈夫なんですか⁉」

皆、心配して沙月に駆《か》け寄っていく。

「うん、すっかり元気。怪我《けが》する前と変わらないわ。それより……」

沙月は右腕《みぎうで》を持ち上げ力こぶを作るポーズをとって、回復をアピールした。そして、皆の中に交ざっているリオに視線を向けると――、

「わあ、本当にハルト君だ……」

ぱちぱちと目を瞬《まばた》いて、リオに近づいていった。

「お久しぶりです、沙月さん」

「うん。聞いたよ、ハルト君が守ってくれたんだって。ありがとう」

大まかな事情は看病をしてくれていた者達から既に聞いたらしい。沙月は嬉《うれ》しそうに微笑《ほほえ》んでリオに礼を言う。

「……いえ。沙月さんのことは守れませんでした。間に合わず、申し訳ありません」

リオは苦々しく顔を曇《くも》らせ、かぶりを振った。

「謝《あやま》らないでよ。ハルト君が来てくれなかったら、私は本当にあのまま死んでいたんだろうし。みんなだって助からなかったと思う。私の方こそ、忘れていてごめんね」

「忘れられていたのは、本当に仕方がないことですから……。沙月さんにもちゃんと説明をしないとですね」

「うん。聞きたい。でも、それはそうと……」

沙月がふとラティーファの顔を見る。涙をたくさん流して、ラティーファの目はすっかり赤くなっていた。泣いていたのは沙月から見ても一目瞭然《いちもくりょうぜん》で――、

「ハルト君、泣かしちゃったの、スズネちゃんのこと？」

罪作りな男ね――と、言わんばかりに、沙月はジト目になってリオを見つめた。

「え？　いや、泣かしたと言いますか……」

「話を聞かせてもらいましょうか」

たじろぐリオに、沙月は悪戯《いたずら》っぽい笑みを覗《のぞ》かせて迫《せま》る。そうして、リオは沙月にも同

じ話をすることになったのだった。

◇◇◇

そして、昼。屋敷のダイニングにはクリスティーナ、フローラ、弘明《ひろあき》、ロアナ、浩太《こうた》、怜《れい》などに、リリアーナも招かれ、宴が開かれていた。

ラティーファはもうリオにべったりだ。話し合いが終わった後から、ずっとくっつき続けている。それで——、

「おい、スズネ。お前、戦いが終わってからリ、ハルト様にべたべたくっつきすぎです！　大目に見てやっていたですが、いい加減離《はな》れるですよ」

ソラがリオからラティーファを引き剥がそうとする。ラティーファの気持ちを理解してくっつくのを見過ごしていたようだが、流石に羨《うらや》ましさが限界を超《こ》えたらしい。

「えー、やだ！　だったらソラちゃんもお兄ちゃんにくっつけば良いんだよ。ほら、反対の腕が空いているよ？」

「なっ、なななっ、そんな畏《おそ》れ多いこと、ソラにできるわけがっ……！」

ソラが顔を真っ赤にしていると——、

「じゃあ、私がくっつく」

アイシアがリオの腕を絡《から》め取った。

「アイシア、お前⁉　こ、このっ！　退くですよ！　お前がくっつくくらいなら、ソラが……！」

などと、みんなでリオを取り囲み、わいわいと騒いでいる。

ただ、その輪の中にあえて入っていかない者達もいた。例えば、美春はリオと顔を合わせることができないのか、目立たないよう端《はし》っこに退避《たいひ》している。それで、恋《こい》の気配を感じたのか――、

「ねえ、美春ちゃん？　何があったの？　ハルト君のこと、露骨《ろこつ》に避《さ》けているよね？」

沙月が好奇心《こうきしん》を滲《にじ》ませて、美春にあれこれ尋ねていた。また――、

「ふふ」

セリアはリオを囲んで賑《にぎ》やかに騒ぐみんなのことを、少し離れた場所から嬉しそうに見眺《なが》めている。すると――、

「素敵《すてき》な御方《おかた》じゃない」

母モニカがセリアに近づいてきた。

「お母様……」

「貴方《あなた》はいいのかしら？　彼《かれ》がいる輪に交ざらなくて」

「……はい。今回はみんなに譲ります。私は一足先にハルトのことを思い出して、再会も果たしていましたから」

セリアは慈愛《じあい》に満ちた目つきでリオ達を見て、柔《やわ》らかく口許《くちもと》をほころばせた。

「そう。でも、だとしたら母のことはいつ彼に紹介《しょうかい》してくれるのかしら？」

「え……？」

「愛《いと》しの彼に、母のことを紹介して欲しいのだけれど」

そう、モニカは話の邪魔《じゃま》になるからと、戦いが終わった後はクリスティーナやフローラに同行していた。リオはラティーファ達に囲まれ続けているから、まだ顔合わせが済んでいないのだ。

「そ、そうですね。色々とあって忘れていました。確かに紹介しないとですね。い、愛しのというのは、語弊《ごへい》がありますけど……」

セリアは顔を赤らめ、モニカから顔を背《そむ》ける。

「ふふ、とにかく早くご挨拶《あいさつ》をしたいわ。さあ早く」

モニカは嬉しそうに、セリアを急《せ》かした。

それで、二人でリオのもとへ向かい――、

「ねえ、ハルト」

セリアがリオに声をかけた。

「セリア。そちらの方は……？」

ラティーファ、アイシア、ソラにひっつかれたまま、リオがセリアに応じた。

「紹介が遅《おく》れちゃったけど、私のお母様なの」

「セリアの……、これは失礼いたしました。ほら、みんな放して」

身動きが取れずに困っていたので、リオはこれ幸いにと三人から離れる。そしてモニカに向き直ると、胸元に右手を添えてお辞儀《じぎ》をした。

「セリアの母モニカ＝クレールです。娘《むすめ》がいつも本当にお世話になっております」

モニカはスカートの裾《すそ》を摘《つ》まんで、可憐《かれん》に挨拶をする。

「ご挨拶が遅くなり申し訳ございません。ハルト＝アマカワです。こちらこそいつも娘様には、お世話になっておりまして……」

「いいえ。私の方こそご挨拶が遅くなってしまいましたが、実は私もつい先日からこちらのお屋敷で住まわせていただいているんです」

「そうだったんですか」

「ご迷惑《めいわく》をおかけして申し訳ございません」

モニカはぺこりと頭を下げる。

「いえ、そんな。お母様なら大歓迎です。いつまでもご滞在《たいざい》ください」

リオは力強くかぶりを振って、モニカを歓迎した。すると——、

「まあまあ、お義母様《かあさま》だなんて……。嬉しいわ」

モニカが口許に手を添えて上品に喜ぶ。

「あ、いえ、そういう意味では……」

「も、もう、お母様！」

リオとセリアの声が重なる。

「ハルトさんはとてもお強いですし、格好良くて、頼《たよ》りになって、優《やさ》しくて、屋敷の子達が貴方を慕う理由がよくわかりますわ。先ほどだって、貴方を見るセリアの目は……」

モニカは恋話が大好きな乙女《おとめ》よろしく、すっかり色めき立っていた。それで、このままではまずいと思ったのか——、

「お、お母様⁉　ハ、ハルト！　私はちょっと！　お母様と話があるから、挨拶はこのくらいでね！」

セリアはモニカの背中を押して、強引《ごういん》にその場から立ち去ろうとする。

「ハルトさん。幾久《いくひさ》しく、娘のことをよろしくお願いしますね。口うるさい父親のことは

気にしないでいいですから、貴方にならば安心して任せられます」

モニカはとても愉快そうに、去り際の言葉を残していく。

「も、もう！　お母様！」

セリアの困った悲鳴が響《ひび》き渡《わた》り——、

（お母さんの公認《こうにん》。いいなあ……）

と、思う少女達がいたとか、いなかったとか。

◇◇◇

宴が終わった後。リオはフランソワ、クリスティーナ、リリアーナの四人を屋敷の応接室へと招いた。

「お疲《つか》れのところ申し訳ございません。お三方にはお話ししておきたいことがございまして」

三人の着席が済んだところで、リオも腰を下ろして話を切り出す。大国の国王一人と、隣国《りんごく》の第一王女を二人も呼び出しているのだ。それだけでもこの話題がただならぬものであることは、一同に伝わっているだろう。すると——、

「……勇者殿達《どのたち》のことか？」

フランソワがその話題を、ずばり推察した。

「お気づきでしたか」

実は戦いが終わった後の話し合いで、リオは勇者と高位精霊《せいれい》に関する話については意図的に情報を伏せていたのだ。

「聖女エリカの記憶も取り戻したことで、色々と思い出したからな。三カ国に共通する話題も勇者殿に関することだろう。聞かせてくれ」

と、フランソワは推察した上で、リオに水を向ける。

「結論から申し上げると、勇者様達の力は暴走する危険を孕《はら》んでいます」

リオは端的《たんてき》に情報を提示した。

「…………」

場に決して短くない沈黙が流れる。反応に困っているというよりは、話の続きを促《うなが》しているのだろう。

「勇者になった皆様は、この世で最も強力な六柱の高位精霊達《せいれいたち》と契約《けいやく》して同化した状態に置かれています。勇者様はその高位精霊達の力を借りて神装を作り、強力な術を操《あやつ》ることができる。もうおわかりかと思いますが、重傷を負っても簡単には死にません。ですが」

リオはそこまで語ると、いったんわずかに言葉を切って――、

「高位精霊達は自分達の意思に反して強引に勇者様の中に封《ふう》じ込《こ》められているので、隙《すき》あらば勇者様の身体を乗っ取ろうとしています」

と、語った。

「っ……」

身体を乗っ取られるとは、流石に穏《おだ》やかではない話だ。フランソワもクリスティーナもリリアーナも、わずかに目を見開く。

「強力な封印《ふういん》がかかっているので、そう簡単には乗っ取られません。ですが、勇者様が強力な力を引き出せるようになればなるほど、高位精霊との同化が強まって乗っ取られるリスクも高くなります」

「……その具体例が、聖女エリカであったと？」

フランソワが洞察《どうさつ》して尋《たず》ねた。

「はい。聖女エリカは土の高位精霊に乗っ取られて、天変地異を引き起こしました。アレが暴走した高位精霊の力です。ああなってしまえば、人の力で止めることはできません」

と、リオは勇者を擁《よう》する三勢力の代表に、その危険性を訴《うった》える。

「私やクリスティーナ王女はその場にはいませんでしたが、天変地異というと、どれほど

のものだったのでしょうか？」

リリアーナが尋ねると――、

「ふむ。そうだな。王都を軽く呑《の》み込んでしまうほどの勢いで、天地がひっくり返る光景を思い浮かべるといい。それが地平の彼方《かなた》まで続いていく」

フランソワが聖女エリカとの戦いで垣間見《かいまみ》た光景を語った。

「……穏やかではありませんね」

クリスティーナがぞっとして顔を強張《こわば》らせる。

「勇者様の力が暴走する詳細《しょうさい》なきっかけは私にもまだわかりませんが、聖女エリカは勇者の蘇生《そせい》能力を前提にした戦い方で致命傷《ちめいしょう》を何度も負っていました。それがきっかけで高位精霊との同化が強まり、肉体を乗っ取られてしまった。二度や三度なら問題ないようですが、個人差もあるかもしれません。ですから、できるだけ勇者様が死ぬような状況《じょうきょう》は作らないでほしいのです。それをお願いしたく、この場を設けさせていただきました」

リオはそう語ると、勇者を擁する三勢力の代表に深く頭を下げた。

果たして――、

「無論だ。余はあの場にいたからな。人の力でどうにかできる力ではないと、身をもって実感した」

まずはフランソワが即答《そくとう》する。

「私も異論はございません」

クリスティーナもすぐに続き――、

「私も、承知しました」

リリアーナも首肯《しゅこう》した。

「ありがとうございます。皆様《みなさま》と勇者様とのご関係もあると考え、この話は先ほどの話し合いでも伏せていました。すぐに伝えていいのかどうかもわからない、というのも本音ではあるですが……」

リオは悩《なや》ましそうに顔を曇らせる。「お前、身体を乗っ取られて天変地異を引き起こすかもしれないぞ」なんて、そう簡単に伝えていいものではないだろう。不安に思ったり、一時的にパニックになったりするだけならまだいいが、聖女エリカのように自暴自棄《じぼうじき》になってしまったら目も当てられない。だが、それでも――、

「……伝えるべき、であろうな。余としてはそなたも同席している場で、サツキ殿に伝えたいと思う」

いつまでも隠《かく》し通せるとは限らない。

フランソワは沙月に伝えるべきと判断した。

「……できれば私も、マサト様とその場に同席させていただきたいです。マサト様はアマカワ卿《きょう》のことをお慕《した》いしていますから」

マサトがガルアーク王国とセントステラ王国のどちらに所属するかは未定だが、リリアーナは利害関係人として同席を希望した。

「では、私も。ヒロアキ様と同席させていただきたく存じます」

クリスティーナも弘明に説明するべきと判断したらしい。

「では後日、この四人とお三方を招いて説明の場を設けるとしよう」

フランソワが話をまとめる。

「ありがとうございます」

リオがこうべを垂れると――、

「礼を言うのはこちらだ。よくぞ伝えてくれた」

と、フランソワはリオを力強く呼びかける。その上で――、

「それはそうと、一つ気になっていたのだが……」

ふと思い出したように、話を持ち出した。

「何でしょうか？」

「そなたも勇者殿が扱《あつか》う神装のような剣《けん》を操っていたが、アレは何なのだ？　記憶《きおく》を取り

戻す前は、そなたも勇者なのかとも思ったが……」

「無論、私は勇者ではありません。あの剣は私が精霊のアイシアと同化することで操ることができるようになった力です。ですので、仕組みは勇者様と同じ力ですね。今はアイシアと同化はしていないので、剣を出すことはできませんが……」

と、リオは霊装《れいそう》の剣について説明した。

「なるほど……。勇者殿と同じ力、というわけか。といってもそなたの場合は暴走する恐れはないのだろうが……」

「ええ、アイシアは私のことを乗っ取ろうとはしませんから」

そういえば、そういう可能性もあるのかといった反応も見せつつ、リオは柔らかく微笑んだ。

「そうであろうな」

フランソワもフッと笑う。すると――、

「ですが、お身体は大丈夫《だいじょうぶ》なのですか？　戦闘《せんとう》後はとても辛《つら》そうに見えましたが……」

クリスティーナがリオの体調を案じた。

「ええ、今はもうすっかり」

リオはにこやかに答えてみせる。

「とはいえ、疲れは溜《た》まっているのであろう？　話も済んだことだ。今日はゆっくり休むとよい」

フランソワもリオを気遣《きづか》って、腰を上げる。リリアーナも微笑んで立ち上がった。そうして退室する二人を見送ろうと、リオも立ち上がって後を追う。すると——、

「アマカワ卿、あの……」

クリスティーナも立ち上がった状態で、リオに声をかけた。何やら話したいことでもあるのだろうか？

「見送りは良い。我々は先に行くとしよう」

フランソワも話があると判断したのか、リオに告げてリリアーナと共に退室していく。それで、室内にはリオとクリスティーナの二人だけになった。

「いかがなさいましたか？」

リオがクリスティーナに向き直って尋ねる。

「お礼を申し上げたいのです」

「……何の、でしょうか？」

心当たりがなく、リオは首を傾《かし》げたが——、

「ロダニアが陥落《かんらく》する時のことです。我々が脱出《だっしゅつ》するにあたって、助けてくださりました

よね？」

「ああ、あの時の……」

当時、蓮司《れんじ》が氷の神装を操ってロダニアの防衛部隊を壊滅《かいめつ》させ、アルボー公爵《こうしやく》派が率いる魔道船《まどう》の艦隊《かんたい》が都市に押《お》し寄せていた。

だから、本当ならクリスティーナは陥落する都市からの脱出が叶《かな》わず、捕縛《ほばく》されてベルトラム王国城へ連行されていたはずなのだ。だが、リオが介入《かいにゅう》したことで、クリスティーナ達の脱出は成功した。

「貴方が介入してくださらなかったら、私は今この場にいなかったことでしょう。ありがとうございました」

クリスティーナはリオに深々と頭を下げる。

「いえ、本当はロダニアを陥落させないように立ち回れたら良かったんですが……」

超越者《ちょうえつしや》の制約によって介入は制限されて、それはできなかったと、リオは申し訳なさそうにかぶりを振《ふ》った。

「そんなことはいいのです。おそらくは貴重な仮面を消費して守ってくださったのですよね？　申し訳ございません。私にその補填《ほてん》ができればいいのですが……」

「勝手にやったことですし、まだ予備はありますから」

だから気にしないでください——と、リオはお決まりの言葉を口にする。

「いえ、アマカワ卿へのご恩も忘れて私は脳天気に……。本当にどんなお礼をすればよいのか……」

クリスティーナはリオに顔を向けできないと言わんばかりに、口許を曇らせた。

「記憶を失うのは当然だったんですし、そうでなくとも忘れてくださっていいんです。本当に気になさらないでください」

リオはやはり軽く流そうとするが——、

「……いいえ。ガルアーク王国に亡命している今の私にできることは、ほとんど何もないのかもしれません。ですが、それでも私が貴方のためにできることがあるのなら、なんなりと仰《おつしや》ってください。少しでもご恩をお返ししたいです」

クリスティーナも簡単には引き下がらず、一歩踏《ふ》み込んで気持ちを伝えた。

「でしたらまた屋敷《やしき》に遊びに来てください」

「そんなことでは恩返しになりませんが……」

リオが恩返しとはまったく関係のなさそうなことをリクエストするものだから、クリスティーナが軽く面食らう。

「いえいえ、みんな喜ぶと思いますから。も、ち、ろ、ん、私、も」

と、リオはこそばゆそうに頬《ほお》を掻《か》いて言う。

「そう、ですか……」

クリスティーナはそっと見つめて、リオの顔色を窺《うかが》う。「もちろん私も」というリオの言葉が、ただの社交辞令であることはわかっているのだろうが――、

「……では、また近日中に伺《うかが》ってもよろしいですか？　その、遊びに……」

ただの社交辞令で終わらせたくはなかったのだろうか？　クリスティーナはちょっと気《き》恥《は》ずかしそうに、恐《おそ》る恐る問いかけた。

「ええ、いつでも大歓迎《かんげい》です」

リオは二つ返事で頷《うなず》く。

「直近だと、明日の夕方にでも都合は付けられそうですが……、いえ、いくらなんでも明日は急すぎですね。といいますか、夕方からではご迷惑でしょうし、ええと……」

クリスティーナにしては珍《めずら》しく思考が言葉に追いついていないようだ。ちょっと動転しているのか、考えるよりも先に口が動いていて、ただ遊びの約束をするだけなのに途中で言葉に詰《つ》まってしまった。すると――、

「構いませんよ。では明日の夕方からということで。せっかくですから夕食をご一緒《いっしょ》させてください。決まりですね」

リオが約束として確定させる。

「あ、はい。では、明日の夕方に……」

伺います——と、クリスティーナはやや呆《ほう》け気味《ぎみ》に言う。そうして、ただ遊ぶ約束だけを交《か》わして、二人も解散したのだった。

◇　◇　◇

リオがフランソワやクリスティーナ達と会談をしている頃《ころ》。

まだ夕方にもなっていないが、美春は屋敷の自室に一人で籠《こ》もり、ベッドの枕《まくら》に顔を埋《うず》めて悶々《もんもん》としていた。

「うぅ、うう〜！」

美春はじたばたと脚《あし》を動かしながら枕に向かって唸《うな》り、押さえ込みようのない羞恥心《しゅうちしん》を吐《は》き出している。

結局、宴の席では一言もリオと言葉を交わすこともできなかった。いや、リオのことを直視することもできなかった。

（私だって話したいこと、たくさんあったのに……）

あんなことがあったから——と、美春は自分の唇《くちびる》に手を触《ふ》れる。

（初めてのキス、だったのに……！）

まさか自分が知らぬうちに済ませてしまうことになるとは思ってもいなかった。いや、キスしている途中で目を覚ましたから、まったく知らないうちというわけではないのだけれど……。ともあれ——、

「っ……⁉」

キスした時のことを思い出してしまったからか、美春の顔はまたしても真っ赤になってしまった。唇の感触《かんしょく》もまだ残っている気がして——、

（柔らかかった……。じゃなくて……！）

気にするべきは、どうしてキスをしてしまったかだろう。

（私の中にいる、リーナって神様が私の身体を操ったんだよね？）

正直、まったく実感はなかった。この世界で賢神《けんじん》として崇《あが》められていた存在が貴方の前世なんだよと言われても、ピンとこないのが普通《ふつう》だろう。

というより、今の美春からすればリオとキスをしてしまった羞恥心の方が重大すぎて、あれこれ考える余裕《よゆう》がまったくなかった。

だが、よくよく考えてみると、美春には心当たりがある。正直、まだ確信は持てていな

いのだが――、

（あの夢の人……なのかな？）

ここ最近、美春は何度か似たような夢を見た。どこかもわからない真っ白な空間で、姿も見えない女性と話をする夢だ。そして、その人物は夢の中で、未来を予知するようなことを言っていた。

（……私が眠《ねむ》れば、その人に会える？）

美春がその人物と夢の中で会話をした回数は、まだ二回だ。正確には、美春は貴久《たかひさ》に平手を打ちした直後に三度目の対話を夢の中でしたのだが、三回目の記憶は維持できていない。ともあれ――、

（なら……）

正直、眠れるような気分ではないが、美春はベッドで横になる。しかし、早朝からゴーレムとの戦闘を繰《く》り広げ、大規模な魔術《まじゅつ》まで発動させた美春の身体は、確かに疲労《ひろう》していた。だからか――、

「…………………」

美春が眠りに就《つ》くのに、そう時間はかからなかった。

◇　◇　◇

そうして、美春は気がつけば真っ白な空間に立っていた。

「っ……!?」

やっぱり！　あの夢！

美春はすぐにハッとして、周囲を見回した。

人影《ひとかげ》一つ見当たらないが――、

「おはよう。いえ、おやすみが正確なのかしら？」

どこからともなく、女性の声が聞こえてくる。

「……貴方は七賢神《しちけんじん》のリーナ、なんですか？」

今日はどうしても言いたいことがあるのだ。だから、美春はすぐに本題を切り出した。

「いきなり本題なのね。まあいいけど。そうよ」

当のリーナは存外、あっさりと自分の素性《すじょう》を詳《つまび》らかにする。

「あの……！　人の身体を勝手に使ってキスをするのは、良くないと思います」

美春にしては珍しいほど、明確に相手を咎《とが》めるような語調だった。

「もっと訊《き》いておくべき大事な話があるでしょうに、そんなくだらないこと？」

リーナはくすくすとおかしそうに笑う。

「だ、大事なことです！」

だって、自分のファーストキスだったのだ。

「大好きな相手とのキスだったんだから、別に良いじゃない？」

「良くないです！　好きな人だからこそ、さ、最初の……、キ、キスは……！」

ちゃんとしたかった。と、美春はもう二度とは叶わぬ憧《あこが》れに焦《こ》がれて、気恥ずかしそうに抗議《こうぎ》する。

「何を言っているのよ。最初のキスではないでしょ？」

「さ、最初のキスですよ！　知らないんですか？　貴方、私なんですよね？」

美春はやはり珍しく感情的になっている。

「知っているわよ。貴方の最初のキスは天川春人《あまかわはると》としたはずよ。少なくとも、自我《じが》が芽生えてからの最初のキスは七歳《さい》。天川春人が引っ越《こ》しをする時ね」

「そ、それは、ハルくんとのキスであって……！」

「そうよ。わかっているんじゃない。今日、彼とした口づけは貴方にとってファーストキスではないと。貴方のキスは今日が二度目。なのに、どうして最初のキスが云々《うんぬん》だなんてくだらない話になるのか、理解に苦しむのよね」

「く、くだらないって……」

美春は思わずムッとしてしまう。

「だって、貴方のファーストキスは天川春人に捧《ささ》げたのよ。そんな貴方がリオに捧げられるのはセカンドキス以降。なのに……、ああ、貴方が言っているのってもしかして、初めてのキスをリオに捧げることができなくて申し訳ないとか、そういう気持ちのこと？」

リーナは合点《がてん》がいったと言わんばかりに、美春に問いかける。だが、美春のことを小馬鹿にしている感じが、声色《こわいろ》からありありと透《す》けていた。

「っ……………！」

美春はきゅっと唇を噛む。その瞳《ひとみ》には怒気《どき》が滲んでいて、リーナに対して反駁《はんばく》するような表情を見せたが、そのまま口を噤《つぐ》み続けてしまう。リーナの言っていることのすべてを否定することはできないと、納得《なっとく》してしまう部分もあったからだ。

そう、美春のファーストキスは天川春人とのものだ。だから、今日のキスは美春にとって二回目のキスだったということになる。

だが、一回目のキスでなかったからといって……。初めてのキスを捧げることができなかったから、申し訳ないだなんて……。

などと、美春の思考はぐるぐると渦巻《うずま》いてしまう。そう考えさせられてしまうことがリーナの思惑《おもわく》なのだとも、思わない。

「貴方は馬鹿だから」

「え……？」

美春はハッとして顔を上げた。すると——、

「よくわからないけど、人間の男って相手が初めてな方が嬉しいみたいね？　初めてであることに価値を感じるらしいわよ？　そうでない女のことは汚《よご》れているって思いやすいみたい。彼もそうなのかしら？　やっぱり初めてキスするのなら、相手も初めての方がいいのかしらね？　もう既《すで》にキスを済《す》ませているような女とじゃなくて」

お前は汚れている——とでも伝えたいのか、あるいは劣等感《れっとうかん》でも植え付けたいのか、リーナはとぼけた声色で露悪《ろあく》的にそんなことを言う。

「…………………」

美春は何も否定できず、押し黙《だま》ってしまう。

「それはそうと私、貴方に一つ聞きたいことがあるのだけど……」

リーナが唐突《とうとつ》に、話題を変えた。

「……なんですか？」

思考の整理が追いつかないのか、美春が緩慢《かんまん》な口調で訊き返す。すると——、

「貴方が好きな相手って、天川春人とリオ、結局どっちなの？」

リーナは率直《そっちょく》な疑問を美春に投げかける。どうしてだろうか？　その問いかけは鋭《するど》いシャベルのように、美春の心を抉《えぐ》った。

◇◇◇

一方、美春が眠りに就いて間もない頃。リオはフランソワやクリスティーナ達《たち》との話し合いを終えて、屋敷の自室に戻《もど》ろうとしていた。

部屋の前で立ち止まると――、

（……この部屋に入るのも、なんだか久しぶりな気がする）

リオはドアノブを握《にぎ》りながら、ちょっとした感傷に浸《ひた》る。

その時のことだ。

「あの……」

リオに声をかける者が現れた。果たして、その人物とは――、

「……美春さん？」

美春だった。今日、キスをした時の記憶がぶり返したのか、リオはちょっと気まずそう

な顔になる。

「少し話があるんです。人に聞かれたくない話なんですけど……」

美春は実に美春らしく、頰を紅潮させていた。リオとキスしてしまったことがまだ尾《お》を引いているのだと、簡単に窺わせる態度である。

「……わかりました。なら、どうぞ」

リオは少しバツが悪そうに頰を掻きながら、自室の扉《とびら》を開けた。

「し、失礼します……」

美春は恐る恐る、リオの部屋に入っていく。

「それで、話というのは……？　とりあえず、こちらの椅子《いす》に……」

リオも後に続き、部屋の扉を閉めた。それから、備え置きの椅子を動かして、自分はベッドにでも腰掛《こしか》けようとすると——、

「…………」

美春がリオの背中に抱《だ》きついた。

「っ⁉」

リオはドキッと身体を震《ふる》わせる。

「あの、私……！」

美春はそのまま、リオをベッドに押し倒《たお》す。そしてリオを仰向《あおむ》けにさせ、今にも情事に及《およ》びそうな雰囲気《ふんいき》で顔を近づけるが――、

「待ってください」

リオが落ち着いた声で美春を静止した。

「………」

美春はぴたりと動きを止める。

「……リーナ、ですよね？　貴方は……」

リオが恐る恐る確認《かくにん》すると――、

「やっぱり気づかれちゃうんだ」

美春は……、いや、リーナは演技を止めて、くすくすとおかしそうに笑って頷いた。そして左耳に付けていたイヤリングに手で触れると、美春の姿がリーナの姿へと変わっていく。おそらくは変化の魔術が込められているのだろう。

リオはリーナの容姿が変化したことに驚《おどろ》いて目を見開くが、すぐにその感情を引っ込めた。これがリーナ本来の容姿なのだろうか？　そんな疑問も思《おも》い浮《う》かぶが――、

「美春さんはこんなことをしませんからね……。どうしてこんな真似《まね》をするんですか？」

と、リオは溜息《ためいき》交じりに断言して、リーナに問いかけた。

「さあ、どうしてだと思う？」

リーナはベッドの上でリオに覆《おお》い被《かぶ》さったまま、悪戯《いたずら》っぽく小首を傾げる。

「質問に質問で返すのは止めてほしいんですが……」

「質問に対して必ず答えが返ってくると考えるのも止めるべきよ」

「……そうですね。では、とりあえず退いてくれますか」

「嫌《いや》」

リーナは気持ちの良いほどにこやかな笑《え》みをたたえたまま拒否《きょひ》する。

「………………」

どうして？　とは訊かなかった。代わりに、この人は何が狙《ねら》いなんだろうと、警戒《けいかい》を滲《にじ》ませて思案する。

「そう警戒しないで。別に夜這《よば》い……という時間ではまだないか。別に襲《おそ》いに来たわけではないから。まあ、貴方が望むのならこの身体を好きにしても構わないけどね。なんなら美春の顔に戻るわ。既成《きせい》事実ができて、本人も喜ぶと思うわよ？」

興味ある？　と、リーナは胸元《むなもと》をわずかにはだけさせ、蠱惑的《こわくてき》に口許をほころばせて尋ねた。

「襲いに来たわけではないのなら、話をしましょう」

リオはリーナの誘惑《ゆうわく》にも動じず、嘆息《たんそく》して提案する。

「あら、襲いに来たのなら、そういう流れも吝《やぶさ》かではなかったってことかしら？」

「襲いに来たのなら、抵抗《ていこう》していますよ」

またしても、リオの溜息が増えた。

「嘘《うそ》ね」

「本当ですよ。抵抗します」

リオは疲れを滲ませ断言するが――、

「身体、きついんでしょう？　身体強化で誤魔化《ごまか》しているみたいだけど、本当はけだるくて、術を解いたら歩くのも億劫《おっくう》なはずよ。権能の行使と同化の影響《えいきょう》で」

と、リーナは指摘《してき》した。

「…………」

リオの瞳に驚きの色が滲む。

「忠告よ。百％を超《こ》えた同化は、連続ないしは長時間の使用をなるべく避《さ》けること。破れば、一方通行になりかねないから」

人間には戻ってこられなくなる、ということだろう。

「……なるほど。それを伝えにきたんですね」

「いいえ、これは前置きよ。で、前置きをもう一つ。この王都を包み込んでいる結界のこと。今のところ安定しているから、問題はないはずよ。この結界の中にいれば神のルールを気にせず暮らせる。障壁《しょうへき》の機能は無効化したから出入りは自由になっているけど、外に出たら神のルールが再び適用されるから注意するように。仮面は必ず持ち歩きなさい」

と、リーナは前置きの忠告を付け加えた。

「……わかりました」

「で、ここからが本題」

「なんでしょう？」

目と鼻の先にまで顔を近づけられるのは正直気まずいのだが、リオはじっとリーナを見つめて問いかけた。

「私の予知を当てにされても困るから、最初に言っておきたいの。セリアにも言ったけど私は貴方達《あなたたち》に未来を直接教えてあげることはできない。けど、たまにこうして助言や予言みたいなことは言う。あえてそうしない時もあるし、あえて嘘をつくこともあるかもしれない。時にはあえてひどいことをする時もあるかもしれないわね」

「……そうする理由があると？」

「ええ。でも、いずれにせよ選択《せんたく》するのは貴方よ。貴方は必ずしも私が言う通りに行動する必要はない。場合によってはそれで貴方に恨《うら》まれるような事が起きることもあるかもしれないし、結果について責任を負うことになるのは貴方だから」

「……なかなか信用の置けない予言者ですね」

リオは思わず苦笑《くしょう》した。

「そうよ。賢神リーナは信用ならなくて、意地悪な女神《めがみ》なの。ソラが私を嫌《きら》う理由もわかったでしょう？」

「……どうでしょう？」

「やっぱり貴方は優《やさ》しいのね。前世でも、今世でも……」

「それもどうでしょう？」

リオの苦笑いが強まる。

「まあ、いいわ。じゃあ、それでも……」

リーナはそこまで語ると、たっぷりと言葉を溜めた。

「……それでも？」

リオが首を傾げて続きを促す。すると――、

「こんな信用の置けない予言者でも、貴方は私の言葉に耳を傾《かたむ》け続けてくれる？　これから先、何があっても私を信じてくれる？」

と、リーナはリオの瞳をまっすぐ見つめ、とても真剣《しんけん》な顔で問いかけた。そして上半身を起こすと、リオに手を差し出して握手《あくしゅ》を求める。

果たして――、

「………正直、即答できる質問ではありませんね」

リオは手を動かさない。だって、リーナとはまだ出会ったばかりだ。信用できる相手かどうかを見極《みきわ》めていくのは、これからだ。けど――、

「……ですが、貴方の言葉に耳を傾け続けることは誓《ちか》います。最大の情報提供者ですし、みんなのことも助けてもらったみたいですから」

既に乗りかかった船だ。

リオは腹をくくり、リーナの手を握った。

「そう。なら、私達はパートナーよ。これからよろしくね」

リーナは満足げに微笑《びしょう》し、リオの手を握り返す。

「こちらこそ。ですが、助言をするだけなら、意味なくこんなふざけた真似はしないでほしいですね」

「こんなことって？」

「美春さんのフリをして、こうして押し倒してきたことです」

リオは疲《つか》れ顔で溜息を漏《も》らした。

「あら、まったく意味がないわけじゃないのよ？　私が信用ならない存在だって教えるなら、こういうことをした方が効率的だと思ったから」

「……………まさか、そのためだけにこんな真似を？　あのキスも……？」

「説得力があるでしょ？」

リーナは蠱惑的にほくそ笑む。

「……次からは絶対にこんな真似はしないでください」

リオは追加でもう一つ、大きな溜息を漏らす。すると――、

「じゃあ、協力者として早速《さっそく》、信用ならない助言が三つあるの。予言を兼《か》ねた、ね」

リーナはくすくすと笑いながら、指を三本立てた。

「……なんでしょう？」

「まずは一つ目。千年前の手がかりとして迷宮《めいきゅう》に向かったのは見当外れよ。探《さぐ》るなら、他の場所にするべきだったわね」

「迷宮以外となると、具体的には、どこを？」

リオが尋ねるが――、

「それは言えない」

リーナはばっさり回答を拒否する。

「……なるほど。では、助言の二つ目は？」

それでは捜索《そうさく》の範囲《はんい》が大陸中になってしまい、探しようがないではないか？　リオはそう思ったが、次の助言を求めた。すると――、

「ソラ以外にも眷属《けんぞく》を創りなさい」

と、リーナは指を二つ立てて、真剣な顔で言った。

「…………」

リオは苦い顔で押し黙ってしまう。

というのも、眷属を創ることに後ろ向きだからだ。眷属になれば、その者は超越者と同じく世界中から忘れられる存在になってしまう。

「貴方が眷属を創りたがらない理由はわかるわ。千年前の彼《かれ》もそうだったもの。超越者の在り方を他者に強《し》いることを異様に嫌っていた。けど、それでも貴方はソラ以外の眷属を創るべきなのよ。創らなければ、貴方が後悔《こうかい》するような事態になるかもしれない」

「眷属を創らないと、後悔する……？」

リオからすれば眷属を創ってしまう方が後悔の種になりそうなのだが、いったいどういうことが起きるというのだろうか？　ただ、それをリーナに訊いても教えてくれないこと

はもう理解したので、悩ましげに思案した。すると――、

「じゃあ、予言を兼ねた最後の助言」

リーナが立てる指の数が一本になる。

そうして、最後に――、

「ソラ以外で最初の眷属にするのは、クリスティーナ＝ベルトラムがいいと思うわ」

リオが到底《とうてい》受け容《い》れられないような助言を、リーナは口にした。

あとがき

皆様、いつもお世話になっております。北山結莉《きたやまゆうり》です。『精霊幻想記　25. 私達の英雄』をお手にとってくださり、誠にありがとうございます。

というわけで、25巻も無事に発売することが叶いました。作者視点で振り返ってみると、新規に開示する情報量が多かったり、ゴーレムくんが強すぎるせいで戦闘描写に苦労したりと大変な巻でしたが、いかがでしたでしょうか？

遂に、遂に……⁉　ということで、25巻も皆様が「面白かった！　続きを早く！」と思ってくださったのなら、作者冥利に尽きます。

なお、最後までご覧になった方ならおわかりの通り、今巻のラストでは26巻以降の展開を左右しうる助言を、とある女性が放置していきました。それが爆発《ばくだん》するのか、あるいは不発になるのか、ぜひあれこれ予想してくださると嬉しいです。

ついでにネタバレにならない範囲で26巻の話をちょっとだけ。巻末の予告にも記されている通り、サブタイトルは『虚構の在処《ありか》』で決定しました。25巻の展開を経た上でのリオの日常やら人間関係の変化やらをドラマチックに描きつつ、長らく回収してこなかった伏線も回収できたらいいな……ということで、26巻もどうぞお楽しみに！

また、公式からも既に告知されている通り、２０２４年はＴＶアニメ『精霊幻想記』の第2期が公開予定です！　今後、公式からの続報が有り次第、私のXアカウントでも情報を発信していきますので、こちらもぜひお楽しみに！　私自身、アニメ版『精霊幻想記』のファンとして、めちゃくちゃ楽しみにしています（笑）。

最後に、紙面が余って他に書くこともないので、私の近況でも。最近、『精霊幻想記』とは特に関係ない話のアイデアをあれこれ考えています。一つの作品だけと向き合い続けていると、マンネリ化して却ってアウトプットのクオリティが落ちるのではないか？　と考えたのが主な理由です。

おかげで良い気分転換になっていますし、『精霊幻想記』の執筆にも良い影響が出ている気がします。それで実際に新作を書き始める余裕があるかといえば完全に別問題なんですが（笑）、面白そうなアイデアは日々溜まっていくので、せっかくならいつか皆様にも披露できたらいいな。とか書いている内に、紙面が埋まりましたね。

それでは、今回はこの辺りで。26巻でもまた皆様とお会いできますように！

二〇二四年一月頭　北山結莉

七賢神リーナの施した結界により、
リオやアイシアとの記憶と絆を
遂に取り戻したガルアーク王城の面々。

喜びも束の間、妖艶に微笑む女神は
リオに眷属に関する重要な予言をもたらす。

眷属を増やすことに強い抵抗感のあるリオは
その予言を拒絶するのか、それとも――

「リオ？
この名前、まさか……」

精霊幻想記 26.虚構の在処
2024年、発売予定

HJ文庫 https://firecross.jp/
1138

精霊幻想記

25. 私達の英雄

2024年2月1日　初版発行

著者――北山結莉

発行者―松下大介
発行所―株式会社ホビージャパン

〒151-0053
東京都渋谷区代々木2－15－8
電話　03(5304)7604（編集）
03(5304)9112（営業）

印刷所――大日本印刷株式会社

装丁――coil／株式会社エストール

ISBN978-4-7986-3403-6　C0193

ファンレター、作品のご感想
お待ちしております

〒151－0053　東京都渋谷区代々木2－15－8
(株)ホビージャパン HJ文庫編集部 気付
北山結莉 先生／Riv 先生